Meinhard Saremba

Die Tugenden des Bösen

Erzählungen

10 Reihe
RHEIN-NECKAR-BRÜCKE

10 ~~~~~~ REIHE
RHEIN-NECKAR-BRÜCKE

Herausgegeben von
Rolf Bergmann, Michail Krausnick und Friedhelm Schneidewind
(Nummern 1 – 8: Mitherausgeber Hubert Bär)

In der REIHE RHEIN-NECKAR-BRÜCKE erscheinen Publikationen
von Autorinnen und Autoren der VS-Regio-Gruppe Rhein-Neckar.

weitere Informationen: http://www.vs-rhein-neckar.de
http://www.rhein-neckar-bruecke.de

Meinhard Saremba

Die Tugenden des Bösen

Erzählungen

mit Illustrationen
von
Ulrike Grimm

2012

Bibliografische Information der Deutschen Bibliothek:
Die Deutsche Bibliothek verzeichnet diese Publikation
in der Deutschen Nationalbibliografie;
detaillierte bibliografische Daten sind im Internet
unter **http://dnb.ddb.de** abrufbar.

ISBN 978-3-8482-5858-1

© 2013 – Alle Rechte vorbehalten
Herstellung und Verlag: Books on Demand GmbH, Norderstedt
Druckvorlagenerstellung: Friedhelm Schneidewind (www.friedhelm-schneideewind.de)
Illustrationen und Umschlaggestaltung: Ulrike Grimm (www.ulrikegrimm.de)
www.rhein-neckar-bruecke.de

Inhalt

Die neun Todsünden
in alphabetischer Reihenfolge

Sie machen ein Gesicht, als hätten Sie einen Mord begangen.

Ach, quasseln Sie mich nicht von der Seite an. Bin ich schon betrunken genug, um mich mit Ihnen zu verbrüdern?

Wohl eher verschwestern.

Wie? Ihre Art sich zu bewegen, zu gehen…, das hat für mich durchaus etwas Männliches.

Weil ich mich schwerfällig bewege?

Pardon, nein, ich wollte damit nichts über Ihr Bein gesagt haben.

Den verkrüppelten Fuß? Den habe ich schon ewig…

Pech, wenn man eine gut aussehende Person ist.

Ich habe andere Qualitäten, die vieles ausgleichen.

Ein Was-für-jemand sind Sie?

Ich bin der- oder diejenige, welche… Ganz nach Bedarf, was Sie haben wollen.

Sie haben verdammt kurze Haare. Wer sind Sie?

Die sind um ein vielfaches leichter zu bändigen.

Und dazu rot. Wie das Feuer der untergehenden Sonne.

Trinken Sie nicht so viel.

Ach, was soll's. Trinken Sie doch einfach etwas mit. He, Wirt, auch so etwas, was ich hier hab', für meinen Freund…, ehm, meine Freundin.

Danke. Sehr aufmerksam. Sie sollten aber mit dem Saufen für heute Schluss machen. Das steht Ihnen auf Dauer nicht, Herr Doktor.

Wie?

Sie sind es nicht gewohnt.

Ich sitzt sitze hier in einer Kneipe und Sie quatschen mich an, dass ich ein Doktor sei? Woher wollen Sie das wissen?

Ihr Arztkoffer. Unter dem Tisch steht Ihr Arztkoffer. Und die Art, wie Sie das Fleisch schneiden. Ihre Hände.

Ich glaube, ich kann Ihnen nicht ganz folgen…

Schon nicht mehr? Ihre Hände sind nicht die eines Landarbeiters, und Sie wissen bestimmt, wie man ein Skalpell ansetzt.

Ich will es nicht mehr wissen.

Was versuchen Sie im Alkohol zu ertränken?

Was geht Sie das an?

Das geht mich insofern etwas an, als mir an Ihnen gelegen ist.

Warum sollte ich Ihnen trauen?

Weil Ihnen sonst niemand mehr geblieben ist…

Bin ich schon soweit?

… außer mir.

Scheiß drauf. Also gut, versuchen wir's mal. Können Sie's auch verkraften?

Warten wir es ab.

Vor einiger Zeit kam eine junge Frau zu mir. Sehr jung. Ein Gesicht wie eine Porzellanpuppe. Fast noch ein Kind. Sagte, sie wolle sich untersuchen lassen. Sie habe ein beunruhigendes Gefühl.

Und was fehlte ihr?

Sie war in anderen Umständen.

Ein Kind bekommt ein Kind.

Ich habe nicht nach dem genauen Alter gefragt. Sie meinte, sie könne weder mit ihrem Vater reden noch mit ihrem Freund, nicht mit Lehrern, nicht mit ihrer Mutter. Sie sagte: Die wissen nichts und sie müssen auch nichts wissen. Ich habe sie weggeschickt. Habe sie zu einem Pfarrer geschickt.

Warum haben Sie ihr nicht geholfen?

Sie hat eine Sünde begangen. Und eine Todsünde wäre ihr nächster Schritt gewesen. Sie wollte töten.

Wollen wir das nicht alle von Zeit zu Zeit?

Darüber scherzt man nicht. Ich habe Opfer von Morden gesehen.

Kinder?

Auch Kinder.

Ungeborene?

Zum Glück nicht.

Sie haben sie also weggeschickt. Ist sie zu diesem Pfarrer gegangen?

Nein.

Woher wollen Sie das wissen?

Ich habe ihn gefragt.

Kennen Sie ihn so gut?

Lange genug.

Beichten Sie auch bei ihm?

Nicht bei ihm.

Wenn Sie beichten, berichten Sie alles?

Soll dies ein verflixtes Verhör werden oder was?

Mein Herz gleicht einer finstern Klosterzelle, sagt der Dichter. Und wie ist das bei Ihnen?

Was kümmert Sie das?

Sie wollten mir erzählen, warum Sie sich hier betrinken.

Das geht Sie eigentlich einen verdammten Dreck an.

Wenn Sie wünschen, kann auch ich weitermachen.

Mist, wo kommen die verflixten Fliegen her. Weg von meinem Bier. Weg! Ha!!

Ich habe Sie schon einmal gesehen.

Was?

Im Zug von Edinburgh nach Peterborough. Vor etwa sieben Monaten.

Woher wollen Sie das wissen?

Ich saß in dem Großraumabteil ganz in Ihrer Nähe. Sie haben gelesen. Sie haben ein Buch von Georges Bernanos gelesen.

Wer sind Sie? Sie können sich doch unmöglich an eine so flüchtige Begegnung erinnern.

Sie sind mir aufgefallen. Sie sind mir wegen einer kaum merklichen Unregelmäßigkeit aufgefallen. Ich habe gesehen, wie Sie konzentriert in Ihrem Buch gelesen haben. Völlig vertieft, so wie Menschen, die vollkommen in einer Sache aufgehen.

So?

Doch dann, plötzlich… Eine Frau riss die Türen auf, stürzte durch
alle Abteil- und Großraumwagen und schrie nach einem Arzt.
Ist ein Arzt an Bord? rief sie. *Kommen Sie! Ein Notfall!*

Und?

Sie haben für einen winzigen Moment den Blick von ihrem Buch
abgewendet, dann haben Sie weiter gelesen, oder vielmehr: auf die
Seiten gestarrt, denn gelesen haben Sie nicht, weil Sie immer nur die
bedruckten Seiten angeschaut, aber nicht umgeblättert haben.
Weil Sie sich nämlich nicht mehr auf den Text konzentriert, sondern
gegrübelt haben. Nachgegrübelt, ob Sie sich melden sollen oder
ob Sie Ihre Ruhe haben wollen.

Es hat sich doch jemand gemeldet.

Ja. Aber erst nach endlosen drei Minuten. Erst nach zu langen drei Minuten,
die entscheidend sein können, ist schließlich ein anderer zu Hilfe geeilt.

Waren Sie auch dabei, als ich drei Jahre zuvor in einem Schnellzug
nach Liverpool versucht habe, jemanden wiederzubeleben,
der zusammengebrochen war?

Ein tugendhafter Dorfschullehrer. Kaum interessant für mich.

Aber für mich! Mehr als mir lieb ist. Ich habe heute noch Alpträume
davon. Herzmassage und Mund-zu-Mund-Beatmung! Eklige wulstige
Lippen. Aus dem Maul stank er wie ein Tiger. Dennoch habe ich getan,
was ich konnte. Um sein Leben gekämpft habe ich! Doch der Mann
war tot, noch bevor am nächsten Bahnhof der Rettungsdienst kam.
Er ist mir unter den Händen gestorben.

Und die junge Frau? Was ist schließlich aus ihr geworden?

Sie hat's selbst versucht…

Bitte? Können Sie lauter reden?

Sie hatte selbst Hand angelegt. Dann hat man sie zu mir gebracht.
Sie hat's mit einer Stricknadel gemacht.

Warum?

Sie wollte das Kind loswerden.

Nein. Warum haben Sie das Mädchen fort geschickt?

Ist es nicht eine Sünde? Ihr vorehelicher Verkehr war eine Sünde und Abtreiben ist erst recht eine Todsünde.

Wenn Sünde zur Not führt, darf man mit Sünden dieses Fehlverhalten vergelten? Was glauben Sie wohl, was sie gebetet hat? Etwa: Satan, erbarm dich mein in tiefster Not? Wer hat bestimmt, dass eine Tat wie die ihre ein schweres Vergehen sei?

Leute, die davon mehr verstehen als wir zusammen. Beim zweiten Vatikanischen Konzil beispielsweise. Schon davon gehört? Da waren Menschen versammelt, die sich mit Moral auskennen. Und die haben festgelegt, dass das Leben von der Empfängnis an mit höchster Sorgfalt zu schützen sei. Und Abtreibung und damit die Tötung eines Kindes ist ein verabscheuungswürdiges Verbrechen.

Verbrechen? Sünde? Ist das wirklich so eindeutig? Wissen Sie, dass die protestantische Kirche bereits dreißig Jahre zuvor den Konflikt des Rechtes auf die eigene Lebensgestaltung sowohl bei der Mutter als auch beim Kind für unlösbar erklärt hat? Es ist praktisch unmöglich einen vermittelnden Kompromiss zu finden.

Diese Frau hat noch nicht einmal versucht, eine andere Lösung zu finden.

Wozu? Wer vermag zu sagen, welche Grundlage die richtige ist? Nach islamischer Vorstellung empfängt der, wie es heißt, *Klumpen Fleisch* erst am einhundertundzwanzigsten Tag der Schwangerschaft seine Seele, die ihm dann von einem Engel eingehaucht wird.

Es klingt ekelig, wie Sie das Wort *Engel* aussprechen.

Im Talmud heißt es, die befruchtete Eizelle sei bis zum vierzigsten Tag *bloß Wasser, mayim b'alma.* Wen interessiert Fleisch ohne Seele? Mich nicht. Leben heißt Atmen.

Die Frau hat eine Todsünde vorgehabt.

Wann sind denn Ihnen schon Todsünden begegnet?

Ich erkenne sie, wenn ich auf sie stoße.

Ach wirklich? Es ist seltsam, aber im Register der *deadly sins, péché mortel, pecado mortal, peccati mortali* und wie sie noch genannt werden mögen, ist das Töten nicht zu finden.

Aber in den Geboten, den zehn Geboten...

Ein Kodex zur Manifestation von Herrschaftsansprüchen, gegen den derjenige, der sie erlassen hatte, gleich wieder verstieß. Die Todsünden hingegen sind ein Register von Vergehen, die den einen Untugenden, den anderen Tugenden sind. Wissen Sie, dass der Grieche Evagrius von Pontus einst acht Todsünden benannt hatte? Acht! In seiner aufsteigenden Reihenfolge der niederträchtigen Leidenschaften der Menschheit folgen auf Völlerei und Wollust die Habgier, die Traurigkeit, der Zorn, die geistige Faulheit, die Ruhmsucht und der Stolz. Gut zweihundert Jahre später mischte sich die Kirche ein. Papst Gregor, dem dieser scheinheilige Singsang seinen Namen verdankt. Er reduzierte die Vergehen auf sieben und kehrte die Werte um: Die schlimmsten Sünden der Mächtigen – Hochmut und Neid – stehen nun am untersten Ende der Skala, dann folgen Zorn, Traurigkeit, Habgier und, in völliger Umkehrung des alten Denkens, Völlerei und Wollust. So zementiert man den Anspruch auf Macht. Der Stolz, ja die Anmaßung, die alten Werte umzustülpen, wird freigesprochen. Und die Massen erhalten die Absolution dafür, dass sie sich der geistigen Faulheit schuldig machen.

Ich habe nicht mitgezählt. Waren das jetzt sieben oder acht, die Sie gerade genannt haben?

Meiner Ansicht nach fehlt sogar noch eine. Die neunte Todsünde.

Ach ja? Welche?

Die Gleichgültigkeit.

Und welche ist die schlimmste?

Keine. Sie sind alle gleichwertig.

Warum?

Warum, warum? Wir reden hier von Tod-Sünden. Und dazu gehören immer Haltungen, die im höchsten Maße gleich folgenreich sind.

Und das Töten soll etwa nicht dazugehören?

Es ist nur Folge, nicht Ursache. Und was dem einen Sünde ist, entspricht beim anderen Anstand und Sitte.

Ich habe ihr immerhin helfen können.

Wem?

Dem Mädchen. Sie hatte viel Blut verloren. Aber ich habe sie gerettet.

Für Ihre professionelle Hilfe vorher wäre sie dankbarer gewesen.

Arschloch! Es wird ihr eine Lehre sein … Neun? Ist das dann nicht eine oder zwei zu viel?

Diese Anzahl ist perfekt. Seit Urzeiten vollkommen. Bereits im alten Ägypten gab es die Enneade von Heliopolis, die neun Schöpfergottheiten, von denen die Priester kündeten. Für die Kelten war in der Neun das ganze Universum enthalten. Drei mal Drei ergab die göttliche Zahl – sie hatte Absolutheitscharakter. Und nun: Neun Todsünden – das ultimative Böse. Damit ist das Gleichgewicht wieder hergestellt. Darin ist zudem die Vier enthalten, die Anzahl der Himmelsrichtungen, sowie die Fünf, welche Raum und Zeit erfasst. Das Enneagramm, der Neunstern, ist das Strukturmodell, das alle Persönlichkeitsmuster und ihre Beziehungen zueinander beschreibt.

Esoterischer Mumpitz.

Haben Sie nicht selbst einmal versucht, darin Orientierung zu finden?

Scheren Sie sich zum Teufel.

Vielleicht habe ich es dahin gar nicht weit.

Ich muss selber sehen, wie ich mit meiner Verantwortung klar komme.

Das Leben wird nicht durch Verantwortung bestimmt, sondern durch Entscheidungen.

Wie war Ihre Reihenfolge noch einmal?

In alphabetischer Abfolge: geistige Faulheit, Gleichgültigkeit, Neid bzw. Habgier, Ruhmsucht, Stolz, Traurigkeit, Völlerei, Wollust und dann schließlich Zorn.

Muss ich mich davon angesprochen fühlen?

Vielleicht. Soll ich Ihnen etwas vorhersagen?

Versuchen Sie's.

Alle Leute, die Sie hier sehen, werden sterben.

Das ist keine besonders beeindruckende Prophezeiung.

Aber ich kenne den Zeitpunkt, wann sie sterben werden.

Woher wollen Sie den denn wissen?

Durch gute Beziehungen.

Sind Sie Totengräber, oder was?

Ich interessiere mich eher für die Seele. Und ich weiß: Auf die Körper derjenigen, die sie tragen, wird im Moment der Geburt ein Pfeil abgeschossen, der ihn oder sie im Augenblick des Todes erreicht.

Da komme ich nicht mehr mit.

Wenn ich Ihnen verrate, dass Sie noch eintausend Minuten zu leben haben, was würden Sie tun in der Zeit, die Ihnen bleibt?

Wollen Sie mir drohen?

Keineswegs. Ich treffe nur eine Feststellung. Was würden Sie tun?

Erst einmal mein Bier austrinken.

Und dann?

Überlegen, ob ich noch eins bestelle.

Nun bleiben Ihnen noch neunhundertneunundneunzig Minuten.

Andachtslose Ichs

Einer der inspirierendsten Augenblicke seines über dreißig Jahre während-
den Literatenlebens erfüllte Viktor Dilthey, als er bei einem seiner wenigen
Kirchgänge im voll besetzten Büßerhaus sah, wie eine junge Frau in blauem
Kleid, schräg vor ihm am Ende der Bankreihen stehend, ihr beharrlich und
kraftvoll schreiendes Baby zum Verstummen brachte, indem sie es an den
Beinchen und am Unterleib hochhob und den Körper herunterriss, so dass
der Schädel an dem scharfkantigen Rand, der die aufgeschlagenen Mess-
bücher vor dem Hinabgleiten schützte, wie eine reife Frucht zerplatzte.
Hirnmasse und Blut quollen aus der Wunde. Die Frau schmiegte das Kind
wieder an die Brust – *Siehst du, jetzt bist du ruhig* – und der unentwegt
Wahrheiten psalmodierende Pfarrer konnte den Faden seiner Deutungen
weiterflechten, ohne wieder wegen lautstarker Unterbrechungen stocken
zu müssen.

Dilthey kam es vor, als wollte kaum jemand den dumpfen Schlag gehört
haben. Er blickte prüfend auf den Sekundenzeiger seiner Uhr und war-
tete. Nach elf Sekunden reagierte jemand. Das Kleine blute ja. Was sie
denn da gemacht habe? Große, leuchtende Blicke nach allen Seiten waren
die Antwort. Regungslos die Lippen des freundlichen Mundes. Die Frau
wurde von einigen Umstehenden nach hinten weggeführt, das Kind ihr
aus den Armen gewunden. Weihrauch mischte sich mit dem Geruch von
Körperflüssigkeiten.

Sein literarischer Verstand reagierte schneller als sein Gefühl. *Ich will auch
keine Kinder; denn ich gönne sie der Sklavenwelt nicht, und die armen Pflan-
zen welken mir ja doch in dieser Dürre vor den Augen weg. O nehmt doch
eure Söhne aus der Wiege, und werft sie in den Strom…* In Dilthey brodelte
keineswegs das Verlangen einzugreifen. Als Beobachter fühlte er sich an
geborgenem Platze. Lediglich ein Anflug von Unwillen kochte in ihm auf,
als die Täterin aus seinem Blickfeld gezogen wurde. Nun konnte er sogar
seinen Kollegen Reichert zum ersten Mal verstehen, der behauptete, man
müsse alles, worüber man in seinen Büchern schreibt, aus eigener Erfahrung kennen. Viktor Dilthey hatte es bereut, sich unter grauem Himmel
von ihm zu einem Segeltörn auf dem Bodensee überreden zu lassen, nur
um zu erfahren, wie es sich anfühlt, wenn man bei Windstärke sieben mit
Wind und Wellen kämpft. Er musste sich in das frisch lackierte Boot über-
geben. Er verfluchte sich, dass er Reichert in die Sonnenbühler Nebelhöhle

gefolgt war, um den Sinterüberzug der Tropfsteine und die angewitterten Wände mit ihren kreidigen Oberflächen aus der Nähe zu betrachten. Die anschließende Erkältung hatte ihn fünf Tage ans Haus gefesselt.

Reichert kannte Polizisten, Dorfbürgermeister und Höhlenforscher; Dilthey hingegen kannte Schriftstellerkollegen, Kulturjournalisten und Professoren an geisteswissenschaftlichen Fakultäten. Die Kunst braucht nicht das wahre Leben, hatte er zu Reichert gesagt, aber das Leben braucht die Kunst. Sein Roman *Der Narr des Generals*, der im Ruanda des Jahres 1994 spielt, war von den Feuilletons als ein bestechendes Stück Literatur über den afrikanischen Genozid gepriesen worden, voll Esprit und mit souveränem Gespür für die Ironie der Geschichte in eloquenter, präziser Sprache erzählt. Er war nie in Ruanda gewesen. Überhaupt erschien ihm das afrikanische Klima für seine Konstitution ungeeignet, dennoch war ihm ein Werk gelungen, von dem es hieß, es sei jede Stunde, die man damit verbringe, wert. Zunehmend wurde er sich seiner Bedeutung bewusst und gefiel sich in den Posen jener Bilder, die die Marketingabteilung seines Verlags ausgewählt hatte. Mit Hut im Profil, in einem langen, grauen Mantel an einen Baum gelehnt vor einer silbrigen Nebellandschaft, wie ein antiker Seher oder ein Druide.

Nach dem Ereignis in der Kirche fragte er sich, ob sich Studien in der realen Welt doch lohnen? Er hatte Zweifel, ob die Frau mehr Schuld traf als die anderen Anwesenden. Schon bald begann er, sich Notizen zu machen und überlegte, ob Kinder, die jenseits der Erkenntnisfähigkeit ihren Abschied aus dem Leben nehmen müssen, dies als besondere Härte empfinden. *... den Tod, den ganzen Tod, noch vor dem Leben so unsanft zu erhalten. Unbeschreiblich.* Zarte Früchte, die ein Gott nicht reifen lässt? Er versagte sich eine Erwiderung und beschloss, mehr über die Fakten jenes Vormittags herauszufinden. Da er daheim ausschließlich überregionale Zeitungen las, durchforstete er in einer öffentlichen Bibliothek die Regionalpresse der nächsten Tage, achtete sogar auf Randmeldungen, doch ohne Ergebnis. Wollte er sich des von ihm als *wirklich* Erlebten mit Unterstützung dieser Blätter vergewissern, so musste er sich nach zwei Wochen das Nichtgelingen dieses Versuchs eingestehen. Deshalb entschied er sich, eine Kontaktaufnahme mit dem einfachen Kirchenvolk zu wagen. Er beschloss, einen Moment abzuwarten, bei dem er sich ausgeruht genug fühlte, um auch Reaktionen, die er nicht im Voraus abzuwägen vermochte, gewachsen zu sein.

Am dritten Sonntag nach dem Ereignis, das in seiner Erinnerung durch schleichende Zweifel schon zu verblassen drohte, nutzte er ein Pfarrfest mit

Kaffee und Kuchen, um sich unter die Gemeindemitglieder zu mischen. Was denn aus der Sache von neulich geworden sei, ja, Sie wissen schon, die Frau, welche doch, ach, fragen Sie nicht, tja, nun denn, die Mutter, und erst das arme Kind, man habe ja noch nach Tagen Blutspritzer auf Fliesen und Säulensteinen gefunden, Jessesmaria, ins Landeskrankenhaus geschafft habe man sie, umgebracht soll sie sich haben, LKH geschlossene Abteilung, wenn Sie wissen, was ich meine, deportiert, früher hätte man so was deportiert oder besser gleich einen Kopf kürzer gemacht, verstehen Sie mich nicht falsch, aber Sie sehen doch selber, was passiert, wenn man die Zügel so schleifen lässt.

Aus dem unterschiedlichen Wissensstand und dem Widerstreit der Meinungen filterte Dilthey den öfter auftauchenden Hinweis auf das Landeskrankenhaus am Ende der Stadt heraus. Wenn er es sich recht überlegte, war die Wahrscheinlichkeit tatsächlich nicht gering, dass man die Gesuchte dort oder an einem ähnlichen Ort finden könne, sagte er sich. Vermag er sich aus der Erinnerung noch ihre Physiognomie zu vergegenwärtigen? Ihm war, als ob er sie wiedererkennen würde, wenn er auf sie träfe.

Allmählich fand er Gefallen am Nachforschen und Stöbern in realen Widerwärtigkeiten. Er hegte keinerlei psychoanalytischen oder logotherapeutischen Absichten. Ich will nicht heilen durch Sinnfindung, sagte er sich, mich treiben ausschließlich berufliche Interessen an den Vorkommnissen voran. Ihn erfasste eine Neugier, die er sich selber kaum erklären konnte. Eine Frau, die zu einer solchen Tat bereit war, erregte ihn. Er wollte sie sehen. Nicht um ihr zu helfen, denn er bezweifelte, ob er das je gekonnt hätte. Er wollte sie kennen lernen. Mit ihr reden. Sie verstehen. Sie bändigen. Sie berühren? Ist eine solche Person zu einer Beziehung fähig?

Er musste sich einen Plan zurechtlegen, um nicht aufzufallen. Er arbeite an einem Hörspiel, ließ er den Chefarzt des Landeskrankenhauses wissen, ein Hörspiel, das sich mit Mördern auseinandersetze. Bei ihm, dem Chefarzt, hoffe er, der Schriftsteller, ein paar beeindruckende Exemplare dieser Spezies zu finden. So oder ähnlich formulierte er es. Würger, Aufschlitzer, Mütter, die wie Fausts Gretchen zum Äußersten gingen et cetera, et cetera. Der Phantasie seien da keine Grenzen gesetzt. Ob es ihm, dem Chefarzt, denn zusätzlich möglich sei, ihn, den Schriftsteller, bei der Gestaltung der medizinisch-psychologischen Elemente zu beraten?

Es war möglich.

Nach einigen weitschweifigen, aber eindringlichen Überredungsmanövern bekam Dilthey verschiedene Übeltäter vorgeführt, die mit viel zu viel Einfallsreichtum die Statistik der Gräueltaten bereichert hatten. Doch nichts, nichts vermochte in seinen Augen anzukommen gegen die Sünderin, die ihres Kindes Lebenssäfte vergossen hatte. Ihm gefiel diese barocke Umschreibung der älteren Leute aus der Gemeinde, die dem tatsächlich Erlebten eine biblische Dimension verlieh. Eine sanfte, fragende Andeutung gegenüber dem Arzt genügte, um ihm das Prunkstück der Abteilung zu präsentieren.

Sie sehen, nein, sie gar sprechen zu dürfen, durchschauerte Dilthey mit einem Gefühl der Dankbarkeit. Die Umgebung mit ihren schmucklosen weißen Gängen, in denen der Geruch von chemischen Substanzen hing, den zahllosen verriegelten Türen und den engen Büros mit den bullaugigen Fenstern kam ihm vor, als befände er sich in Laboratorien hundert Meter unter dem Erdboden. Doch die gespannte Erwartung, der Fremden persönlich nahe zu sein, belebte ihn. Dilthey schwelgte. Dann stutzte er. Die in Weiß gekleidete Frau wurde nicht wie eine Kranke, sondern wie eine Gefangene zu ihm geführt. Ihr Schritt war unsicher. *Das Steuer ist in die Woge gefallen und das Schiff wird, wie an den Füßen ein Kind, ergriffen und an die Felsen geschleudert.* Über ihre Identität durfte Dilthey nichts erfahren. Der Arzt hielt sich als Beobachter im Hintergrund. Sie war hübsch, nicht alt, etwa Mitte dreißig, hatte halblange schwarze Haare, eine glatte Gesichtshaut und runde Lippen, die sie einst wohl zu einem verführerischen Schmollen verziehen konnte. Dilthey wandte sich mit einer Belanglosigkeit im höflichen Ton an sie. Schweigen. Starres Blicken. Nicht einmal der freundliche, ach so freundliche Mund schien zu leben. Sie schaute mit leicht geneigtem Kopf an Dilthey vorbei. In eine fremde Ferne. Gewiss weiß sie selbst nicht, auf was oder an wen sich ihr stumpfer Blick richtet, dachte Dilthey. Dieser Blick verstörte ihn. Er wollte eine Person kennen lernen, die getötet hatte, die er aber nicht wagen würde, als Mörderin anzuklagen, ohne mehr über sie zu wissen. Doch sie schien unerreichbar. Sie verschloss sich. Ihr Charakter, ihr Wesen, ihre Vitalität waren zusammengefallen, eingesperrt in einem verkrampften Herzen. Er spürte schmerzvoll ihre antriebslose Kälte und fragte sich, für was sie wohl den Arzt, die Krankenschwester, gar ihn selbst halten mochte. *Die Glut, die euren Dichtern ich entzünde, muss wie der Urstoff stumm und ewig sein … kühl wie der Schnee …* Er musste ihr zeigen, dass er ein wahrer Mensch war. Sie musste ahnen, dass jenseits ihrer Welt noch eine Art zu leben existierte. Zögernd, behutsam streckte er seine Linke vor und ergriff die rechte Hand der jungen Frau.

Er musste sie berühren, wollte sie berühren, und gestand sich ohne Reue ein, dass es ihn durchaus geschlechtlich stimulierte, denn sie war attraktiv, auch wenn sie den Beweis dafür, dass sie begehrt worden war, vernichtet hatte. Er wollte sie umfassen, sie streicheln; ja, streicheln, um ihr zu zeigen, dass Rausch die Verzweiflung vergessen machen kann. Doch Dilthey erschrak ob der Schlaffheit ihrer Hand, er spürte, wie bleich sie war, eisig wie Metall, und fühlte sich noch hilfloser als die, wegen der er gekommen war. Sie saßen eine Weile schweigend nebeneinander. Als sich die Frau schließlich erhob, sagte sie leise: *Paradiesvogel*. Sie sprach es beinahe wie zwei getrennte Wörter, in einem Tonfall, als ob sie die ganze Zeit mit ihm geredet hätte, aber nur dieser eine Begriff während einer kurzen Interferenz hörbar zu ihm dringen konnte. Dilthey war nicht klar, ob das Wort Teil einer Frage oder einer Erzählung war. Meinte sie das Sternbild am südlichen Himmel, die in den Bäumen lebenden Vögel, von denen die Legende sagt, dass sie bis zu ihrem Tode nie die Erde berühren, oder sprach sie von einer schillernden Persönlichkeit? Gar von sich selbst? Als sie weggeführt wurde, sendete sie schon wieder auf einer anderen Frequenz.

Dilthey musste sich zusammenreißen, um den weiteren Ausführungen des Arztes bezüglich der anderen Täterpatienten folgen zu können. Interessant, interessant. Ja, ob er denn das alles verwenden könne? Er werde sehen, nun ja, angesichts der Fülle der Eindrücke, warten wir es ab.

Hat der Pfarrer Sie jemals besucht?, wollte er noch wissen.

Der Chefarzt blickte ihn mitleidig an. Durchaus. Einmal. Er sei sehr um seine Gemeinde besorgt gewesen. Wollte wissen, ob *diese Person* für unzurechnungsfähig erklärt werde. Fragte noch, welche Religionszugehörigkeit sie angegeben habe.

Dilthey bedankte sich höflich. Auf dem Heimweg fielen die ersten Herbstblätter. In seinem Wohnzimmer entzündete er im Kamin ein Feuer und verbrannte alle Notizen. Dann setzte er sich an den Schreibtisch, öffnete sein blaues Notizbuch und begann, die Frau zu erfinden.

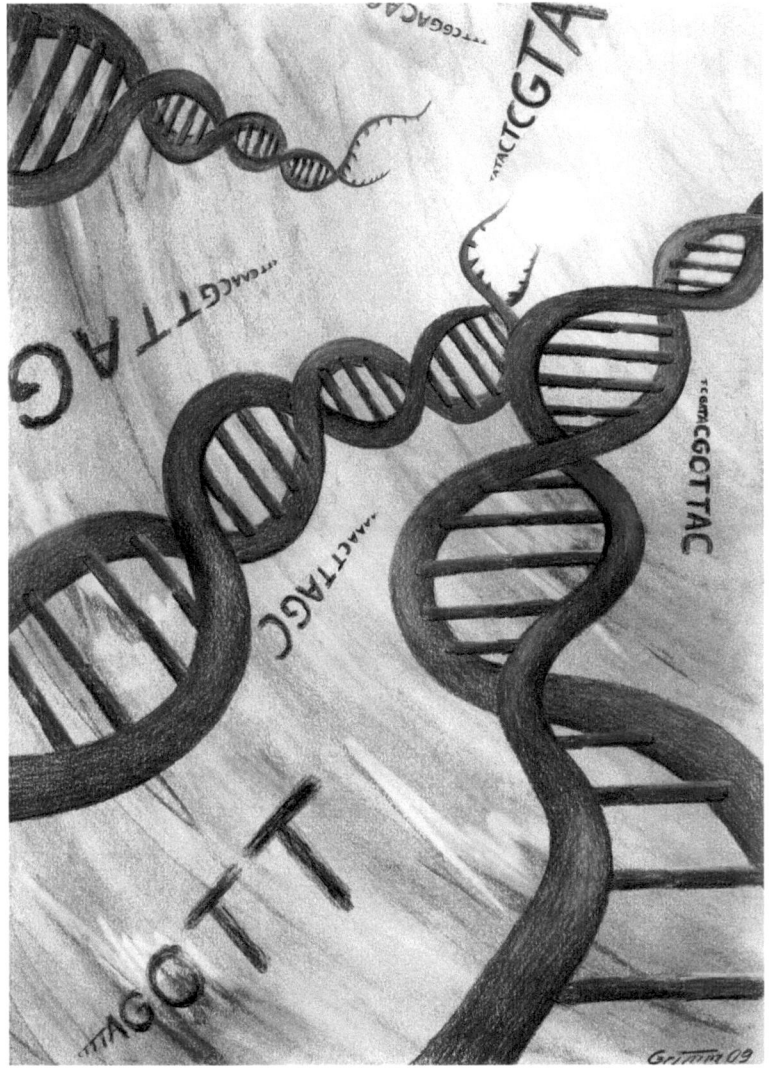

Zwillingsdämonen

Fragte man sie, warum sie mit ihrer Schwester ins Elsass fahre, würde sie entgegnen, sie habe sich vorgenommen, sich mit ihr anzufreunden. Sie hat nach langer Funkstille eine gemeinsame Tour vorgeschlagen, doch ihr ist schleierhaft, weshalb Ellen von Hamburg aus ausgerechnet nach Straßburg will. Nachdem nun beide Eltern tot sind, ist das Elsass völlig aus Constanze Gerlachs Horizont verschwunden. Die sechsstündige Zugfahrt bietet genug Zeit für Gespräche. Doch die bisher gefallenen Worte beschränken sich auf das Nötigste, als seien sie beide Bergsteiger beim Erklimmen einer schwierigen Steilwand. Beim Urlaub in den Vogesen hatte ihr Vater einmal versucht, ihnen das Klettern schmackhaft zu machen. Constanze gab es schon nach den ersten zögerlichen Versuchen auf. Ellen bemühte sich mit zusammengebissenen Zähnen, bis sie sich aufgeschlagene Knie holte. Der Trost des Vaters war ihr gewiss.

Durch das Zugfenster beobachtet Constanze an einem Haltebahnhof eine Familie: Mutter, Mädchen, Bub, die alle die Köpfe recken, um in der Menge der Aussteigenden ein vertrautes Gesicht zu finden. Sie haben fragende Mienen aufgesetzt, die Unterlippe der Frau hängt leicht herab, was ihr etwas Verzweifeltes verleiht, wie bei Abschiedsszenen aus alten Schwarz-Weiß-Filmen. Dann, als ob jemand einen Schalter umgelegt hätte, beginnen die Drei zu strahlen und breiten die Arme aus. Wen sie empfangen, kann Constanze nicht mehr sehen, weil sich der Zug wieder in Bewegung setzt. Aber sie wünscht sich, diese Person zu sein. Sie denkt an die Begrüßung nach Vaters Unfall, als Ellen sie bei ihrer Ankunft vom Bahnhof abholte. Während der Fahrt überkam sie ein Gefühl der Zufriedenheit, der Heimkehr. Hat Ellen sie je umarmt? Am Bahnhof drückte sie nur leicht ihren Oberarm, die Lippen zusammengepresst, und war dann wieder in sich zusammengesunken. Eine lebensgroße Puppe, an der keiner mehr die Fäden zog.

Ellen hat ihr Mobiltelefon ausgeschaltet und es sich ihr gegenüber auf einem Abteilsitz bequem gemacht. Mit einem silbernen Kugelschreiber in der Linken geht sie Unterlagen durch. Ellen hat lange schlanke Finger mit kurz geschnittenen Nägeln, die unter Bio-Klarlack glänzen. Sie müsse jede Minute nutzen, lässt sie wissen, denn Abgabetermine drängen. Constanze schlägt ein verknicktes Taschenbuch wieder an der Stelle auf, in die sie ein Stofflesezeichen mit Katzenpfotenmuster gelegt hat, und betrachtet die Anordnung des Textes. Mal Blocksatz, mal eingerückt mit Flattersatz, zahlreiche Fußnoten, keinerlei Abbildungen. *... die Zeit trinkt unsren Lebenssaft, der dunkle Feind, der uns am Herzen zehrt und sich von unsrem Blute stärkt und mehrt!* Ihr Blick gleitet über die Seiten. Doch vor ihrem geistigen Auge sieht sie Bilder der Eltern mit der Patina von blassen Siebziger-Jahre-Fotos. Die Mutter hatte damals schon den Krebs in sich. Den Vater sah Constanze älter werden, immer wenn sie später in unregelmäßigen Abständen von ihrem Studienort zu Besuch kam. Ellen schien seinen Verfall nicht zu bemerken, weil sie ihn tagtäglich erlebte. Mit stummer Verbitterung litt sie unter dem Verlust, nachdem er heute vor einem Jahr bei einem Autounfall gestorben war. Ellen sagte, ihr sei es vorgekommen, als ob er an jedem Tag seiner zweiundzwanzig Jahre als Witwer eine Zigarette mehr geraucht habe, dennoch blieb er von dem erwarteten Lungenkrebs verschont. Wäre er nicht in einen Baum gerast, hätte er ewig gelebt.

Mit argwöhnischem Blick beobachtet Constanze, wie selbstvergessen Ellen an einem Müsliriegel nagt. Wenn sie ein Gespräch in Gang bringen wollte, könnte sie mir ja einen anbieten, denkt sie verärgert. Ellen hat Gefälligkeiten nicht nötig. Sie ist es gewohnt, dass ihre Mitmenschen sie mögen. Sie braucht sich nicht im Spiegel zu betrachten. Sie weiß, dass sie gut aussieht mit ihren leicht gekräuselten blonden Haaren und einer Figur, die selbst Tafelberge von Schokolade nicht gefährden können. Constanze hat eine robuste Schönheit, trotz ihrer für einen gedrungenen Körper zu großen Nase. (*Geier*haken, hatte Ellen einst gewitzelt und sich schlapp gelacht.) Constanze ist ausdauernder als die hochgewachsene Schwester, verfügt über die Energie einer Hobby-Diskuswerferin und eine fahrradgestählte Robustheit. Der Vater sah sie beide immer als siamesische Zwillinge, dabei waren sie zweieiige. Constanze achtunddreißig Minuten älter. Familien halten zusammen, sagte er stets. Seine Vorstellung von Familienbanden stammte aus einer Zeit, die nicht die ihre war.

Das Umsteigen in Offenburg nehmen sie als willkommene Abwechslung. Nachdem sie den Anschluss nach Straßburg verpasst haben, einigen sie sich auf die übernächste Verbindung und bummeln noch in die Stadt. Das sind die Erfahrungen, die Constanze gerne mit Ellen teilt. Sie kann nicht verstehen, wie diese nette junge Frau, mit der sie wie mit einem alten Kumpel durch die Gassen streift, sie ein Jahr zuvor noch am Tag vor der Beerdigung aus dem Haus jagen konnte. Was hatte sie angestellt, um ein solches Ausrasten zu rechtfertigen? Zwei Tage nachdem Ellen sie angerufen und mitgeteilt hatte, dass der Vater verunglückt sei, war sie pflichtgemäß zur Beerdigung

gekommen. Sie nahm gerade die letzten Verbesserungen an ihrer Magister-
arbeit vor und musste drei Tage vor dem Abgabetermin, um eine übermäßig
hohe Mahnung mit Verzugsgebühren zu vermeiden, in der Universitätsbi-
bliothek noch *mordsmäßig viele* Bücher verlängern lassen; eine ihrer Lieb-
lingsformulierungen, bei der Ellen stets zusammenzuckte. Da Ellen vor Ort
lebte und sich um alles Organisatorische kümmerte, konnte sie ohnehin
den ganzen Ruhm als Trauernde absahnen. Es hätte ihn nicht wieder leben-
dig gemacht, wenn ich sofort gekommen wäre, argumentierte Constanze.
Ellen wies sie aus dem Haus. Constanze ließ sie in dem Glauben, in ein Hotel zu gehen – das schien die Schwester nicht zu rühren –, doch aus Kosten-
gründen war sie dann für zwei Nächte bei einer alten Schulfreundin un-
tergeschlüpft. Zum ersten Mal hatte sie ihre Schwester so emotional erlebt.
Hau doch ab!, hatte sie geschrien. Ellen lässt sich sonst nie hinreißen. Doch
sie beherrscht virtuos die großen Gesten, um sich wirkungsvoll in Szene zu
setzen. Sie, Constanze, die Ältere, versteht das. Hatte sie doch zur Genüge
die Auftritte der großen Propagandaredner aus dem Dritten Reich unter
die Lupe genommen. Welch ein beachtliches Potenzial an ausdrucksvollen
Gesten: Jede Pose einstudiert wie bei Dirigenten, die wissen, wann präzise
Zeichengebung erforderlich ist und wann sie mit gereckten Armen oder
geballter Faust dem Publikum etwas bieten müssen. Constanze empfindet
keine Verbitterung mehr. Keine Wut. Sie, Constanze, würde niemandem
mehr die Anerkennung zukommen lassen, ihn zu hassen. Doch damals, als
Ellen sie anzischte, dass sie endlich verschwinden solle, waren ihre Gefühle
wie schockgefroren. In diesem Zustand fand sie ihre Schwester unerträglich. Mochte das Haus auch noch so viele Zimmer bieten – sie wusste nicht,
in welches sie hätte ausweichen sollen. Und so schnappte sie sich die wenigen Sachen, die sie bei sich trug und verließ das Elternhaus. Doch diesmal
unfreiwillig.

Vor der Weiterfahrt über die Grenze ins Elsass genießen sie noch Pflau-
menkuchen-Idylle in einem Straßencafé. Constanze erkennt, dass Ellen
ihr Blicke zuwirft. Sie sieht das Weiße in ihren dunklen Augen aufblitzen,
versucht aber vorzugeben, sie habe es nicht bemerkt. Dann sagt sie ihren
einstudierten Satz.

Ich finde es schön, dass es mit unserer gemeinsamen Tour geklappt hat. Nur
frage ich mich die ganze Zeit, warum du gerade Straßburg ausgewählt hast?

Ellen betrachtet Constanze mitleidig. Wie ein Großwildjäger, an den ein
Leser von Abenteuergeschichten das Wort zu richten wagt.

Vielleicht habe ich mal wieder Sehnsucht nach Gugelhupf-Heimeligkeit und welscher Arroganz.

Ellens Stimme klingt unpersönlicher als früher. Ihre Antwort kommt Constanze jedoch zu bemüht sarkastisch vor. Ich muss alles behutsamer angehen, nimmt sie sich vor. Ellen ist für mein eigenes Leben wichtig, denn sie ist die einzige Verbindung zu meiner Vergangenheit. Ohne sie würde ich mir vorkommen wie eine Pflanze, die ohne ihre Wurzeln ausgerissen wird. Die Weiterfahrt verläuft schweigend. Ellen nimmt noch einmal ihre Papiere zur Hand und ordnet sie dann sorgfältig in Mappen. Immerhin scheint sie nicht unveränderbar zu sein in ihrem Verhalten, sagt sich Constanze. Früher störte sie am meisten an ihr, dass Briefe, Bücher, Programme, Zeitschriften, Theater- oder Kinokarten noch immer an der gleichen Stelle vor dem Spiegel im Garderobenschrank lagen, wo sie sie vor Wochen achtlos hingeworfen hatte. Lass sie gewähren, beruhigte sich Constanze mehr als einmal, nimm es nicht so wichtig. Doch es machte sie kribbelig. Constanze ist eine systematische Vorgehensweise gewohnt. Ungeordnetes Herumrecherchieren und Journalistenspekuliererei sind ihr fremd und wären bei ihren Projekten als Doktorandin am historischen Seminar in Berlin auch verpönt. Meinem Professor kann ich nur entgegentreten, wenn mir noch der Staub aus den Archiven in den Kleidern klebt, sagt sie sich. Listen und Zettelkästen sind ihre Welt. Die Unordnung ist die Mutter der Phantasie, grinste Ellen, wenn beide deswegen aneinander gerieten. Sobald sie von einem Projekt vollständig aufgesogen wurde, versackte sie vollkommen. Doch Ellens Jahre als freie Mitarbeiterin bei den Printmedien gehören der Vergangenheit an; jetzt scheint die neue Arbeit in der Wirtschaftsredaktion sie zur Konzentration zu zwingen in allem, was sie anpackt. Als sie über den Rhein fahren, blickt Ellen nur kurz aus dem Fenster. Sie gibt sich kühl, ganz Profi – selbst als Schwester. Sie beherrscht virtuos ihre Rollen, ohne sich von Gefühlen davontragen zu lassen. Am Grab wirkte sie wie ein lebender Vorwurf, dass ihr Förderer und Idol sie verlassen hatte. Mit ihren schmalen Lippen und den düsteren Augen Furcht einflößend wie die monströsen Wasserspeier an Kirchen, die das Böse fernhalten sollen.

Nachdem nun unsere Eltern tot sind, muss ich mein Leben neu erfinden, denkt Constanze. Ellen hat sich gut mit ihnen verstandenen. Für mich waren sie Menschen, die versuchten, ihrer Aufgabe gerecht zu werden: Je mehr die Mutter vor sich hin siechte, desto stärker ragte die Zuneigung des Vaters zu alpinen Dimensionen auf. Ist es zu viel verlangt, wenn ich mir nur eine normale Schwester wünsche, die mit mir durch dick und dünn geht, wenn es sein müsste?, überlegt Constanze.

Vom Straßburger Bahnhof laufen sie durch die Rue du 22 Novembre (der Tag der Befreiung, raten sie) in die Stadt. Eine Reihe putziger Geschäfte steht ihnen Spalier auf dem Weg zu ihrem Quartier. Bevor sie schließlich zum Place de la Cathédrale gehen, biegen sie ab zum alten Gerberviertel *Petite France* mit dem Delta der Ilekanäle. Unter einer Platane am Ufer sitzen sie an Tischen mit karogemusterten Decken und essen von ovalen Holzbrettern mit der Hand den in Portionshappen vorgeschnittenen Flammkuchen (Ellen nimmt die vegetarische Variante), wiegen sich in Klöngemütlichkeit und trinken elsässischen Wein aus Gläsern mit endlos grünen Stielen, die in viel zu großen Kelchen münden.

Kuschelig hier, nicht wahr?

Constanze lächelt bemüht, doch ihr ist unbehaglich zumute. In stillen Momenten beneidet sie Ellen um ihre Souveränität und die Gabe, auf Menschen zugehen zu können.

Hättest du nicht nach dem Abi das Haus verlassen und wärst nach München gezogen, Constanze, dann hättest du so manches über unsere Eltern erfahren können. Hier im Elsass haben sie ihre Flitterwochen verbracht. Wir beide sind in einer Liebesnacht, die hoffentlich feurig war, in Straßburg gezeugt worden. Deswegen habe ich diesen Ort vorgeschlagen.

Auf den Straßen schauen sie Schnellzeichnern zu (*Ihr Portrait oder Karikatur in zehn Minuten!*) und witzeln über Duftkerzen-Tonhäuschen im Pinocchio-Zeichentrickstil, Räuchermännchen sowie Plüschstörche, die über den Eingängen der Touristenläden baumeln. Sie beobachten gertenschlanke Französinnen mit Kurzhaarschnitt und ein pausbäckiges Kind, das auf Geheiß seiner Mutter für einen Scherenschnitt posiert. Ellen mimt die Übermütige und will sich von einem Karikaturisten zeichnen lassen. Sie spricht einen Montmartre-Typ mit Barett und Spitzbärtchen an. Constanze muss geloben, ebenfalls Modell zu sitzen. Damit sie anschließend nicht kneifen kann, soll sie den Anfang machen, beharrt Ellen. Der Zeichner fragt nach Anhaltspunkten zu Person und Thematik. Dafür reichen Constanzes Französischkenntnisse noch. Schon nach wenigen Minuten erscheint ihr der Spaß verwegen und sie will wissen, was vor sich geht. Nicht reden, nicht bewegen, mahnt der Künstler. Ellen gibt ihr hinter seinem Rücken Zeichen und bewegt dazu ihre Lippen. Schmaler, sportlicher Körper und riesiger Kopf, signalisiert sie. Die Karikatur-Constanze ist in allen Himmelsrichtungen umgeben von Gestalten und Signalen der Historie.

Ein Napoleon-Männchen verneigt sich höflich vor ihr, am oberen Bildrand ist eine Hand zum V-Zeichen erhoben, ein russischer Bär dreht für sie Pirouetten und ein deutscher Soldat mit Pickelhaube zerzaust ihr mit dem Bajonett die Haare. Ellen amüsiert sich, doch für Constanze lässt dies alles nicht nur Geschichte gegenwärtig werden, sie überschwemmt dabei auch eine Welle der Melancholie und Wut. Damals lebte die Mutter noch, als sich Constanze eines Tages ihrer hüftlangen Kinderhaarpracht entledigte.

Im Fernsehen sah sie in einem Bericht wie Polen oder Juden zusammengepfercht wurden, Alte und Junge voran, umgeben von Wehrmachtsoldaten mit locker geschulterten Sturmgewehren. Wie ein Vorwurf traf sie der Blick eines jungen Mädchens in die Kamera: Schreckensbleich mit riesigen angsterfüllten Augen, das dichte schwarze Haar mit groben Schnitten verwüstet, die die zarte Haut am Hals verletzt hatten. Constanze versteinerte. Ihr war, als ob sie und das Mädchen eine Person seien. Sie wollte am eigenen Leibe nachempfinden, was es für die Kleine bedeutet haben mochte, mit einer fast stumpfen Schere ihrer ungestümen, rebellischen Mähne beraubt worden zu sein, deren Reste abstanden wie bei einem wahnsinnig gewordenen Kobold. Sie bat Ellen, ihr bei dieser Aktion zu helfen, doch die Schwester zögerte. Constanze musste sie anstacheln, das Werk zu vollenden. *Was hast du denn? Ich übernehme die Verantwortung!* Mit jedem Schnitt der Schere, mit jeder Strähne, die sie auf den Boden fallen sah, schien Ellen mehr Gefallen an dem Zerstörungswerk zu finden. Constanze lieferte sich ihrer Schwester vollkommen aus. Dicke blonde Flocken fielen auf ausgebreitetes Zeitungspapier. Sie saß mit Engelsgeduld stocksteif auf einem Hocker und erlaubte ihrer Schwester, vierzig Zentimeter seidig wallender Pracht büschelweise von ihr zu trennen. Sie wollte aussehen wie jenes gepeinigte jüdische Mädchen, das wie der hintergangene Samson seiner Identität und Kraft beraubt war. *Ihr seid wohl irre geworden!*, rief der Vater als er das Malheur sah. *Habt ihr den Verstand verloren?*

Ellen, die stumm ihre Pflicht erfüllt hatte, war zurückgetreten, nur Constanze erklärte trotzig, es könne nicht schaden, am eigenen Leib zu erfahren, was jüdische Kinder erlitten haben. Kaum hatte sie ausgesprochen, traf sie eine schallende Ohrfeige, die ihr Kinn bis an die Schulter schleuderte. *Das ist kein Spiel!*, brüllte ihr Vater sie an. Sie biss sich so heftig auf die Lippen, bis dieser Schmerz stärker wurde als der des Schlags. Sie musste sich ablenken, um nicht zu weinen. Diesen Triumph gönnte sie ihrem Peiniger nicht.

Wenn ihr daraus einen Jokus für Kinder macht, sagte der Vater drohend, *gebt ihr alle Opfer der Lächerlichkeit preis!* Dann drehte er sich um, schlug verbittert mit der flachen Hand gegen die Wand, zerrte Ellen mit sich und verließ wortlos das Zimmer. Ihre Mutter, der schon der Krebs die Organe zersetzte, tröstete Constanze. Ellen sorgte beim Vater wieder für gute Stimmung.

Als die erste Zeichnung fertig ist, gibt Constanze vor, dass sie ihr gefalle. Immerhin hat er meinen Zinken dezent ins Bild gesetzt, sagt sie sich. Sie will Ellens Auftritt nicht verhindern. Sie sieht dem Maler über die Schulter, als er erst mit behutsamen Strichen die Konturen umreißt und dann immer selbstsicherer dem schwarz-grauschattierten Wesen Profil gibt. Ellen findet sie in seiner Darstellung hübscher, die hochgereckte putzige Nase drollig getroffen. Die Kohlestift-Ellen hockt an einem Kaffeetisch mit ausgebreiteter Zeitung und Möhrenkuchen, ein Lautenspieler und eine Klezmerband musizieren und ihre Klänge werden zu Myriaden von großen und kleinen Noten, die wie Mücken und Wespen um sie herumschwirren. Wild gestikulierend haut die Zeichenfigur um sich. Constanze verabscheut schlagende Menschen. Als sie beide Zeichnungen eingehender betrachtet, gefallen ihr die Karikaturen doch, weil sie selbst lächelnd dargestellt wird. Ellen zieht einen Flunsch, der sie so aussehen lässt wie auf ihrem Bild. Auf der Place Kléber erwirbt Ellen in einem Buchladen eine CD mit französischen Liedern nach Gedichten von Paul Verlaine. Constanze versteht bestenfalls die Titel auf den Umschlägen, lesen kann sie das Ganze höchstens in Übersetzungen. In einem Geschäft nahe des Straßburger Münsters kauft sie sich lieber sechs elsässische Weingläser mit grünem Stiel und eine Flasche Pinot noir d'Alsace.

Ellen will unbedingt in die von Gerüsten umstellte Kathedrale. Mit ihrem bleistiftlangen Zeigefinger weist sie auf die zahllosen Dämonenfiguren hin, die den Teufel fernhalten sollen und zugleich doch seine Gegenwart spüren lassen. Phantastische Kunst versetzt Ellen in Begeisterung. Diese Kathedrale ist kein Kunstwerk, denkt Constanze, sondern seit über achthundert Jahren eine Dauerbaustelle. Als die beiden Schwestern die Aussichtsplattform erreicht haben, nieseln die ersten Regentropfen auf sie herab. Ein junger Franzose, dessen dunkelbraune Haare im Wind wie Fransen wehen, merkt an ihrem Plaudern, dass sie Deutsche sind und fragt, ob sie wissen, in welcher Richtung Deutschland liege. Der wolkenverhangene Himmel macht eine Orientierung an der Sonne unmöglich. Ellen erzählt flirtend lieber Blödsinn als dass sie überhaupt keine Antwort gibt. Sie vermutet Deutschland in der Richtung, wo ihr der Wald schwärzer vorkommt, denn das können dann auf gar keinen Fall die Vogesen sein. Der Fremde strahlt sie dankbar und zufrieden an. Constanze schweigt. Sie kennen beide die Richtung nicht. Selbst als sie vor einem halben Jahr während einer Tagung in Freiburg das Münster erklommen hatte und mit der Seilbahn auf den Schauinsland gefahren war, fehlte Constanze jede Orientierung. Damals noch stellte sie sich nur vor, wie sie Ellen von einer Zinne oder einer Klippe stoßen würde. Bei Betreten des Straßburger Münsters gibt sich Ellen beeindruckt von Gewölben, Rosetten und Buntglasfenstern. Constanze genießt die Stille. Der Innenraum ist kühl. Sie bekommt eine Gänsehaut wie unter einer kalten Dusche und muss niesen. Die riesige astronomische Uhr gefällt Constanze am Besten. Achtzehn Meter Kosmos und Welt, sagt Ellen. Achtzehn Meter Vergangenheit, sagt Constanze.

Mitten in der Nacht schlägt Constanze die Augen auf, blickt auf ihre Armbanduhr (es ist halb vier) und fühlt sich hellwach. Ellen sitzt völlig nackt im Schneidersitz auf dem Bett und kehrt ihr den Rücken zu. Das Zimmer wird nur durch den blassen Schein von Ellens Nachttischlampe erhellt, der ihren Leberfleck am rechten Schulterblatt wie eine Wunde aussehen lässt. Die Klaviatur ihrer Wirbelsäule und Rippen verleiht ihr etwas Verletzliches. Constanze streckt den Arm nach ihr aus, kann sie aber nicht erreichen.

Bist du schon lange wach?

Ohne den Kopf zu wenden, erzählt Ellen, dass sie geträumt habe. Wirre Erinnerungen an von Nierenkrebs gelblich verfärbte, eingefallene Gesichter und zerschmetterte Kühlerhauben.

Was war das Unangenehmste, das du je erlebt hast?, fragt Constanze.

Weiß nicht. Die Zeit nachdem sie weg waren? Vielleicht. Wahrscheinlich sogar. Und bei dir?

Dein Ausraster am Tag vor Vaters Beisetzung. Constanze kommt es vor, als ob Ellen plötzlich erstarrt. Wie ist es nur so weit gekommen?

Ellens Verkrampfung löst sich allmählich. Sie streift mit den Händen über die Bettdecke, als wolle sie sie reinigen.

Damals hatte ich das Gefühl, das Richtige zu tun. Wie konntest du mich in dieser Situation zwei Tage allein lassen! Dein Verhalten erschien mir so…, so respektlos, ja. Und danach?

Ellen wendet sich um. Constanze schüttelt verständnislos den Kopf.

Dir ging's doch gut im eigenen Heim. Du hattest ausgesorgt. Wieso kannst du nicht akzeptieren, dass ich ein anderes Verhältnis zu ihnen hatte?

Eigentlich wollte ich... Ach, vergiss es! Vielleicht sollten wir einfach wieder heimfahren.

Mir gefällt's hier.

Ellen sieht sie spöttisch an. Mir ist kalt... Sie streift sich einen dünnen Pullover über, schlüpft in ihren Baumwollrock und zieht den Gürtel fest zu wie eine Schlinge.

Warum hast du dieses gemeinsame Wochenende vorgeschlagen, Constanze?

Weil ich herausfinden will, ob du eine Vatertochter bist. Constanzes Wort fällt wie ein Stein. In einem Tonfall, als ob damit alles gesagt sei.

Ellen stemmt die Fäuste in die Hüften. Mir ging es immer um unsere Familie.

Dir? Dir geht es doch immer nur um dich selbst. Das Haus, die Arbeit... Seit ich fort war, hast du dich als Alleinerbin aufgespielt.

Ellen weicht einen Schritt zurück. Was?, sagt sie und klingt, als ob ihr jemand die Kehle zudrückt. Was wagst du zu...?

Im Elternhaus zu residieren ist nun mal bequemer als für seine Miete abends in einer Kneipe zu jobben.

Du Miststück! Ellen fuchtelt herum wie auf der Karikatur. Sie wirkt dabei skurril, aber zugleich bedrohlich, sodass Constanze für einen Moment fürchtet, sie könnte zuschlagen.

Du bist so grausam selbstgerecht!, faucht Ellen als sie herumliegende Kleidungsstücke und ein Buch in ihre Tasche wirft. Beim Gehen lässt sie hinter sich die Tür lautstark ins Schloss fallen.

Constanze braucht eine Schrecksekunde, um zu realisieren, was geschehen ist. Dann springt sie aus dem Bett, streift sich rasch Jeans und Sweatshirt über und hastet aus dem Zimmer. Die Nacht ist kühl und riecht nach feuchtem Asphalt. Sie sind allein, als sie Ellen auf dem Platz vor der Kathedrale einholt.

Wenn ich tatsächlich das bin, was du mir vorwirfst, warum, glaubst du, habe ich den Kontakt zu dir nicht völlig abgebrochen, nachdem unsere Eltern unter der Erde waren?

Ellen hält in ihrem zügigen Schritt in Richtung Bahnhof inne und wendet sich abrupt um. Ihr Schweigen irritiert Constanze, doch sie versucht sich ihre Beklommenheit nicht anmerken zu lassen. Nun, weil ich Klarheit darüber will, was das alles damals zu bedeuten hatte. Ich will wissen, welche Ellen meine Schwester ist: Die, die mich vor die Tür gesetzt hat oder jene, die damals behauptet hat, es sei ihre Schnapsidee gewesen, meine Haare abzuschneiden?

Wiederum bleibt Ellen stumm. Constanze kann ihr Gesicht nicht erkennen und nähert sich ihr vorsichtig. In dem gelblichen Licht, das die Strahler streuen, die die Kirchenfassade erhellen, erkennt Constanze, dass Ellens Gesicht von Tränen und Make-up verschmiert ist.

Weiß der Teufel, warum er von dir immer so viel gehalten hat… Ellen hat ihre Stimme kaum noch unter Kontrolle. Sie nimmt sich einen handtellergroßen schweren Splitter, der bei einem Stapel sorgfältig aufgehäufter Steinquader neben einem Baustellengerüst liegt.

Ich halte das für keine gute Idee…, sagt Constanze unsicher.

Ich wäre gerne so unabhängig gewesen wie du. Dafür habe ich dich bewundert, aber auch gehasst. Ellen wiegt den Steinbrocken unentschlossen in der Hand. Ohne ihre Schwester aus den Augen zu lassen, weicht Constanze langsam in Richtung Kirche zurück.

Diese phantasievoll gestalteten Wasserspeier und Figuren, sagt Ellen und weist auf die Kathedrale, sie behüten dich vor allen Übeln dieser Welt. Doch weißt du, was das Tückische an ihnen ist? Sie sind auch hinterhältige Dämonen, die dich infizieren mit ihrem Ehrgeiz und vergiften mit ihren Erwartungen.

Mit einem kalten, entschlossenen Blick fixiert Ellen die steinernen Untiere an den Seitenträgern des Münsters. Affenartige Gnome mit verwegenen Fratzen und züngelnde Urwesen, halb Drachen, halb Schlange. Sie lacht auf. Ein kalter, bitterer Laut.

Das Mutigste, was ich zuwege gebracht habe, sagt Ellen, war, mir vorzustellen, wie es ist, wenn unser Vater nicht mehr lebt. Dann nimmt sie Anlauf, holt aus und wirft mit einer unbeholfenen Bewegung nach einer der Figuren.

Amateur, sagt Constanze verächtlich, ergreift einen faustgroßen Pflasterstein von dem Stapel, zielt, dreht sich einmal um ihre Achse und schleudert ihn von sich. Mit einem dumpfen Knall prallt Stein auf Stein. Ellen gibt ein ersticktes Jaulen von sich, als sie von etwas Herabfallendem am Kopf getroffen wird und sackt zusammen. Constanze schreit entsetzt auf und ist mit wenigen Sätzen bei ihr. Sie hilft ihrer noch ganz benommenen Schwester, sich aufzusetzen und gegen ihr Knie zu lehnen.

Erschlage die verdammten Dämonen, aber nicht mich…, keucht Ellen. Dann gibt sie einen gurgelnden Ton von sich, wie ein leises Wimmern, der sacht anschwillt und immer stärker wird. Ganz allmählich erst erkennt Constanze, dass Ellen kichert und dass sich dieses Kichern langsam steigert zu einem Lachen, so heftig, dass sie sich vor und zurück wiegt und mit ihrem Lachen auch ihre Schwester ansteckt.

Fragte man Constanze warum sie nicht bemerkt, dass Ellen längst verstummt ist, während sie noch weiter leise vor sich hinlacht, würde sie entgegnen, dass sie sich mit ihrer Schwester in diesem Moment besonders verbunden gefühlt habe. Ihr stehen Freudentränen in den Augen, so dass sie nicht darauf achtet, wie Ellen sich von ihr löst und ein steinernes Bruchstück vom Boden aufhebt. Etwas, das mich an dich erinnern wird, sagt sie.

Im toten Winkel

Sie haben das Bett von der Wand weggerückt, um den Kranken von beiden Seiten pflegen zu können. So fällt es den Schwestern leichter, ihn zu zweit in die erforderliche Seitenlage zu bringen. Sie müssen die Flüssigkeitszufuhr aus dem Tropf dosieren und den wund gelegenen Leib alle zwei Stunden wenden, als handele es sich um einen Braten. Danach versuchen sie, den verbissen die Lippen zusammenpressenden Greis zugleich abzulenken und ihm Grießbrei in den Mund zu schieben, indem sie mit einer Zahnbürste andeuten, sich um die Mundhygiene zu kümmern, aber nichts anderes im Sinn haben, als ihn durch Nahrungszufuhr weiter am Leben zu halten. Da er sich nur noch merken kann, was sich vor siebzig Jahren ereignet hat, sind sie ziemlich erfolgreich mit diesem Trick. Ich habe ihnen zugesehen. Von mir nimmt er keine Nahrung an. Anfangs habe ich mit einer Das-bin-ich-dem-Vater-schuldig-Haltung versucht, ihm mit einem Kaffeelöffel kleine Portionen Vanille-Pudding in den Mund zu schieben. Er schluckte das weiche Zeug aber nicht hinunter, sondern sammelte die matschige Masse im Rachen, bis sie ihm aus den Mundwinkeln wieder herauslief. Mit dem linken Arm, den er mit größter Willensanstrengung noch zu bewegen vermag, deutete er an: Kann nicht mehr. Dann würgte er alles wieder hervor.

Sein Blick ist starr. Da er den Kopf leicht geneigt hält, kann er die zweite Schwester mit dem Breilöffel nicht wahrnehmen. Selbst mich sieht er nur, wenn ich mich aufrecht ans Bett stelle und mit meinen 1 Meter 93 zu ihm beuge. Zu Lebzeiten hätte ich ihn, den 1 Meter 98 großen Gelehrten nie überragen können. Mein Gott, was rede ich da? *Zu Lebzeiten*. Noch lebt er ja. Zäh. Widerwillig, aber zäh. Wie Leder. Und hart. Wie... Zum Teufel, wie oft hat er den alten Spruch strapaziert. Als früherer Leistungssportler – obwohl sein Vater Sozialist war, hatte man ihn 1934 gern in den gleichgeschalteten Turnverein aufgenommen, nachdem der Arbeitersportbund aufgelöst worden war – ja, als Sportass besitzt er ein starkes Herz, das erst als letztes seinen Dienst versagen wird, wenn alle anderen Organe längst ausgefallen sind. Was soll ich dazu sagen? Herrje? Gar: Herr Jesus? Welche Floskeln aus der Jugend mitunter wieder an die Oberfläche kommen... Gott sei Dank bin ich längst Atheist. Und dennoch halte ich hier Wacht. Ich suche nach etwas, das ich noch lieben kann. Dabei müsste mir klar sein, dass er mich nur noch als Schatten aus der Vergangenheit wahrnimmt. Als er noch sprechen konnte, hat er mich mehr als einmal für seinen Bruder gehalten.

Der Robert ist 1944 in Minsk gefallen, sagte ich ihm oft. Ach wirklich?,
sagte er dann. Weiß ich nicht mehr. Ist auch besser so, denke ich. Gefallen
– was für ein Ausdruck. Als ob jemand stolpert und hinfällt. Wahrscheinlich wurde sein Brustkorb von MG-Kugeln zersiebt oder sein Unterleib von
einer Mine zerfetzt. Menschen sind widerwärtig grausam. Und sein Gott?
Wo siehst du nun den Schöpfer alles Schönen ...? Belohnt er ihn dafür, dass er
sich hochgearbeitet hat? Als Einziger studiert und eine akademische Karriere gemacht. Aufgestiegen bis zur Spitze seines Fachgebiets, wo er, der alte
Kämpfer, selbst in dünnster Luft überleben konnte. Und nun muss ich mit
ansehen, wie alle Funktionen seines Körpers nach und nach versagen, so als
ob jemand die Lampen in einem Raum nach und nach ausschaltet bis zur
völligen Dunkelheit. Wenn ich miterlebe, wie andere Menschen in diesem
Pflegeheim das alles noch bei klarem Verstand erleben und nur noch mit
ihren weit geöffneten, wehmütigen, tod-traurigen (ha, ha, was für ein Ausdruck), ja, todtraurigen Augen Kontakt mit der Welt halten können, ein
Kontakt, der zumeist darin besteht, dass sie von morgens bis abends den
gleichen Quadratmeter auf der ungleichmäßig gestrichenen Zimmerdecke
anstarren, Geräusche vom Flur hören, aber zu kraftlos sind, um sich zu bewegen, zu flüstern oder sonst irgendwie auf sich aufmerksam zu machen,
ermattet oder von Spasmen verbogen herumliegen, in Katheter pinkeln,
allein in und mit ihren Gedanken gefangen sind – wenn ich mir das alles ansehe, dann kann ich nicht glauben, dass dies von einer mitfühlsamen
Wesenheit geschaffen wurde. Es muss ein irrwitziger Zufall sein. Es ist ein
Dschungel, in dem das Leben wuchert und vergeht ohne Rücksicht auf
Schönheit, Glück, Schande oder Schmerz.

Und wenn es etwas gibt, was ein wenig Ordnung in dieses Chaos bringen
kann – ein sorgfältig gemachtes Bett, Proportionen, der goldene Schnitt –
dann schmerzt es mich geradezu, wenn ich sehe, wie diese Schwestern am
dritten Tag nach seinem völligen Zusammenbruch das Bett von der Wand
abgerückt und im stumpfen Winkel in den Raum gestellt haben. Ich sitze
dabei und schaue zur Abwechslung einmal nicht diesem ausgedörrten
Leib beim Dahinsiechen zu, sondern ihnen. Ich muss aufpassen, dass sie
mir mit dem Inhalt ihrer Urinsammelbehälter, Schnabelbecher voll Tee
und Grießbreischälchen nicht den Anzug versauen. Ich konnte mich nicht
mehr umziehen, da ich von der Universität, wo ich einen Vortrag gehalten
habe, geradewegs wieder ins Pflegeheim gefahren bin. Universität! Von der
Universität komme ich gerade, hörst du? Ja, versteht, was ich sage. Reißt
die Augen auf. Aber ich bin nicht mehr der Dreizehnjährige, dem der Vater

die edelholzvertäfelte, mit Geniebüsten geschmückte Aula vorführt. Die völlig leere hehre Halle der Gelehrsamkeit – ganz allein nur für den Sohn. Den Statthalter. Ich durfte oben am Pult stehen. Unten setzte sich Vater in die fünfte Reihe, und ich musste ihm seinen Vortrag vorlesen. Du wolltest die Wirkung testen. Die Wirkung der nackten Worte. Du warst rhetorisch brillant und wolltest ausprobieren, wie die Formulierungskunst und Logik deines Textes zur Geltung kommen, wenn er unbeholfen gestammelt wird. Jetzt, 37 Jahre später, bin ich immer noch kein fesselnder Redner, vermag aber solide zu formulieren. Und du? Du hast Vorträge rhapsodiert, als würdest du das, was vor dir auf dem Papier stand, gerade frisch erfinden. Heute stammelst du nur noch. Stierst mich an – fragend, bittend, hilflos, skeptisch – und röhrst Laute, die (ganz wie man es haben will) als ja oder nein aufgefasst werden können. Damals hattest du dich über mein unbeholfenes Lesen lustig gemacht. Amüsiert, wenn ich Fremdwörter falsch aussprach. *Schpienix* statt *Sphinx*; *Hägemooohniä* statt *Hegemoniiii*. Jetzt ist dir jegliche gepflegte Kommunikation unmöglich.

Ich blättere in Büchern und Fachzeitschriften, um die Zeit zu nutzen. Ich stehe kurz vor einem Urlaubssemester, das zu beantragen mich Monate mit Formularen und Projektentwürfen gekostet hat und mir die Ruhe geben soll, endlich ein Buchprojekt zu vollenden. Was mache ich hier eigentlich? Pflege stiehlt Zeit. Bis zuletzt stiehlt mein Vater mir die Zeit. Und ich muss mir überlegen, wie ich die verlorenen Stunden wieder wettmachen kann.

Um ihm das Atmen zu erleichtern, haben die Schwestern das Kopfende des Bettes aufgerichtet. Aus eigener Kraft würde er es nicht mehr schaffen, sich zu erheben. Jetzt hat er die Augen geschlossen, doch unter den Lidern bewegen sich die Augenbälle wie zwei Mäuse, die unter dem Teppich ziellos vor- und zurücklaufen. Warum verbringe ich meine Zeit mit solchen Nichtigkeiten? Warum bin ich hier? Fast die ganze Fakultät weiß, dass es mit ihm zu Ende geht, aber keiner kommt, um mit anzusehen wie. Von mir erwartet man, dass ich so viele Stunden wie möglich am Sterbebett meines berühmten Vaters verbringe. Als sein letzter Vertrauter. Doch wem hat er je vertraut? Er ging seinen Weg. Das typische Leben mit zwei Scheidungen und, wenn überhaupt, vielleicht einigen Affären.

Abgesehen von den wenigen Sekunden im Fahrstuhl, wenn ich ohne Begleitung zu dir in den dritten Stock hoch fahre, bieten mir die Momente, in denen ich mit dir am Sterbebett allein bin, eine Auszeit. Von allem. Und den Bonus, bis zum Urlaubssemester nicht mehr die volle Leistung bringen zu müssen. Und so halte ich Wacht, habe Schonfrist und hinterlasse obendrein noch einen positiven Eindruck. Zudem ist dein Zustand eine recht brauchbare Ausrede dafür, dass mein Buch noch nicht fertig ist. Doch dieses Projekt wird mich voranbringen und wenn die Schwestern erst gegangen sind, kann ich mich wieder voll und ganz auf meine Lektüre konzentrieren und mir Notizen machen, während er regungslos und schwer atmend vor sich hin dämmert. Er wird langsam abgeschaltet. Ein Kraftwerk, das stillgelegt wird. Es sei bald soweit, hatte man mir teilnahmsvoll versichert. Mit den Jahren entwickele man ein Gespür dafür. Ob ich meinen Vater versehen lassen wolle? Ich hatte nur den Kopf geschüttelt.

Irgendeine der Schwestern hat demonstrativ ein Versehkreuz auf den Nachttisch gestellt. Ein weißes Kruzifix aus Keramik mit einem Totenschädel am Fuße des Kreuzes. Eine makabre Religion. Doch ihm hatte sie immer Spaß gemacht. Er liebte den Orgelklang und ging regelmäßig sonntags in die Kirche bis alles – ha, ha, welche Begriffe – Schlag auf Schlag ging. Mit einem leichten Schlaganfall hatten Vaters Nachbarn ihn einliefern lassen. Als vor etwa zwei Jahren sein Merkvermögen immer mehr abbaute, hatte das rüstige Rentnerpaar fast jeden Tag kleinere Besorgungen für ihn übernommen; Einkaufen, Rezepte abholen, die Jalousien morgens hochziehen und abends herunterlassen. Er lässt sich von ihnen verhätscheln wie ein Kind und wird immer unselbstständiger, hatte ich gedacht. Das hätte ich ihm nicht bieten können. Ich bin dir doch nur im Weg, Junge, hatte er stets gesagt. Und genau gewusst, dass er, indem er nicht zu mir zog, sein einziges noch lebendes Kind umso stärker an sich band. Er verstand es sogar, mir ein schlechtes Gewissen zu machen, weil das Schwesterchen mit zwei Monaten gestorben war und ich lebte.

An den ersten Tagen im Pflegeheim hatte dieser Mann, der mir immer weniger wie mein Vater vorkommt, noch geistreiche Bonmots von sich gegeben. Etwa wenn es Bohnen zum Essen gab, schlug er vor, Wein zu kredenzen, um den Hintern mit den Korken zu verstopfen. Beim Debattierkreis zum Nachmittagskaffee – dafür hielt er die Runde der Dementen und Behinderten – finde er keine passenden Gesprächspartner, klagte er, da seien nur lauter alte Leute. Wie verfiel er mit seinem erheblich geschrumpften Gehirn, das kaum noch den ganzen Raum unter der Schädeldecke ausfüllt, im Vor-sich-hindämmern noch auf so etwas Hintersinniges?

Mit dem zweiten und dritten Schlaganfall kamen die Schluckbeschwerden beim Trinken, der Tropf, das unkontrollierte Stöhnen, die von Atemaussetzern unterbrochenen Schnarchlaute und das Beten der älteren Schwestern. Gestern bin ich hinausgeschickt worden, weil Intimpflege angeblich nicht vor Angehörigen durchgeführt werden darf. Eine hübsche Lehrschwester hatte die Ärmel bis zu den Oberarmen hochgekrempelt und ließ mit ihren schlanken, kräftigen Armen einen geschmeidigen, muskulösen Körper erahnen. Ob sie ihn überall wäscht, auch sein Skrotum und den Penis? Ich frage mich, ob sich noch irgendetwas regt bei ihm, wenn er mit ihrer karamellfarbenen Haut in Berührung kommt? Der jungen Frau muss doch ekeln vor seinem faltigen, bleichen, schlaffen Fleisch. Da ich dreimal wöchentlich ins Fitnessstudio gehe, verfüge ich über die Konstitution eines Enddreißigers. Bei mir wären ihre Berührungen, ihre Gesten, ihre Bewegungen nicht vergeudet. Man kann neidisch werden, dass man erst zu einem ungefährlichen Stück Haut und Knochen verkümmern muss, um von solchen verheißungsvollen Körpern an den verbotensten Stellen berührt zu werden. Je jünger das Pflegepersonal ist, desto netter, humorvoller und gefälliger ist es. Weniger verbraucht als die älteren. Besonders ein aufgedunsener Pfleger – wahrscheinlich zu viel Schokolade und Gebäck beim Nachtdienst – rastet schnell aus, wenn im Speisesaal zu laut geschlürft oder gefaselt wird. Die Jungen haben eine fröhlich-beschwingte Art. Trällern die Vornamen der Alten. Sprechen mit ihnen wie mit Kindern, aber so liebevoll, dass man es nicht übel nehmen kann. Besser so als überhaupt keine Ansprache. Die alten Schwestern und Pfleger hingegen haben alle Freundlichkeit aufgebracht.

Ob ich die junge Frau einmal zu einem Kaffee einlade? Ich bin mir nicht sicher, ob sie mein Titel beeindrucken wird oder eher verschreckt. Einen Versuch ist es wert. Je älter ich werde, desto schwerer ist es, mit Studentinnen aus meinen Seminaren eine Nacht zu verbringen. Seit zwanzig Jahren hat es wesentlichen Einfluss auf ihre Benotung. Heute müssen sie schon kurz vor dem Durchfallen sein, um sich von jemandem wie mir einen Schein oder ein Examen zu erficken. Das ist eine Welt, meine Welt, in die Vater nie einen Einblick erhielt. Er hätte es ohnehin nicht verstehen können. Ob meine Mutter ihn deswegen verlassen hat? Weil er nur zweimal mit ihr geschlafen hatte, um meine Schwester – irgendwer hab' sie selig – und mich zu zeugen? Er hat *mich* nie wirklich wahrgenommen. Für ihn zählten nur Wissenschaft und Karriere. Publish or perish. Bis hin zum Pinkeln auf den Personaltoiletten noch ganz der Herr Professor. Ich saß auf der Kloschüssel und habe mit angehört, wie er in einer Konferenzpause mit einem Kollegen über Metanarrativität und intertextuelle Ironie bei Dostojewski weiter debattierte. In den Sprechpausen hörte man den Strahl ihres nach außen drängenden Harns gegen die Kacheln plätschern. Ich habe seine Autorität, sein Ansehen, seine Aura bewundert. Und ihn zugleich wegen seiner seitenlangen Publikationsliste, seines Talents als Redner und seines Charmes gehasst. Eine bedenkliche Gefühlsmixtur. *Weißer Neid* nennen das die Russen. Und sie haben auch das passende Getränk entwickelt, um diese Gefühle zu betäuben.

Was bleibt mir von ihm? Schon vor Jahren hatte ich mir überlegt: Wenn mein Vater einmal stirbt, was geschieht dann mit seiner Bibliothek? Hatte schon überlegt, welche Bücher ich meiner Sammlung zuführen soll und welchem Antiquariat man den Rest anbieten könnte. Handsignierte Widmungsexemplare und Erstausgaben dürften noch einiges einbringen.

Meine Hoffnung, dass bald alles vorbei sein wird, steigt als der Pfleger verkündet, dass der Blutzuckerwert meines Vaters noch bei 70 liege. Normal sei 130. Doch dann sagt er: Jeder ist anders… Kannte mal einen, der hatte nur noch 30 – dabei sagt man, unter 50 ist Schluss.

Ich komme mir verworfen vor. Was bedeuten die Werte? 50 von was? Er besitzt die Zahlenkompetenz, mein Vater die Formulierungshoheit. Dagegen bin ich nie angekommen. Er publizierte am laufenden Band, sprach in sein Diktiergerät, nahm seine Vorlesungen auf. Ich habe mir etliche Artikel und gerade mal drei Fachbücher abgerungen. Ein viertes ist in Arbeit; Nummer fünf und sechs in Planung. Noch acht, fünf, drei Tage, und mein Urlaubssemester beginnt. Allmählich beginnt die gestohlene Zeit.

Nur ein einziges Mal habe ich erlebt, dass er etwas gegeben hat, ohne eine Gegenleistung zu erwarten. Weißt du noch? Anfang Dezember vor vielen Jahren waren wir auf dem Weg zu einem Konzert in der Fußgängerzone einem Bettler begegnet. Er kauerte in einer dünnen Jacke und Jeanshose auf dem schneebedeckten Boden, hatte seine Mütze, in der sich ein paar Münzen befanden, vor sich gelegt und daneben eine brennende rote Kerze gestellt. Der Mann hielt die Arme verschränkt, bibberte vor sich hin und blickte die Vorübergehenden nicht an. Mein Vater hielt inne und nahm die Brieftasche aus seinem Mantel. Er fragte den Mann nach seinem Namen. Der Fremde schaute nur kurz auf und sagte mit französischem Akzent: Bernard. Und was hast du getan? Du stecktest die Geldbörse in die Innentasche deines Anzugs. Dann zogst du den schweren braunen Wollmantel aus und legtest ihn mit einer sanften Bewegung um die Schultern des Obdachlosen. Meine Bewunderung für dich war stets getrübt von Einschüchterung. Nur damals empfand ich eine Bewunderung, die zur Zuneigung wurde. Die Augen meines Vaters sind geschlossen. Sie scheinen das größte zu sein in dem faltigen, eingefallenen Gesicht. Eine Farbe wie ein Stück Holz. Ausdruckslos. Gefrorene Mimik. Er atmet kaum. Nur am Heben und Senken des Brustkorbs kann man erkennen, dass es noch nicht vorbei ist. Ich bin wieder mit ihm allein. Als der Pfleger und eine Schwester vorhin den Raum verlassen haben, drang von den Fluren noch einmal ein Schwall von Breigeruch und Urindunst ins Zimmer. Ich öffne das Fenster. Draußen sehe ich einen Notarztwagen mit Blaulicht durch die Vorstadtsiedlung rasen. Die gellenden Schreie der Sirene fahren mir durch die Glieder. Er reagiert nicht mehr auf die Welt. Er ist ihr (oder sie ihm?) abhanden gekommen. Der Wagen hält vor einem Haus, eine langhaarige Blondine redet auf Arzt und Sanitäter ein. Dann eilt man hinein, die Tür bleibt geöffnet. In kurzer Zeit kommen Menschen aus verschiedenen Richtungen, um zu begaffen, was vor sich geht. Ich nehme ihre Leiber wahr als durch den Raum strömende Einheiten von Molekülen, als Wellen, die von Ort zu Ort gleiten. Und ich spüre, dass ich am Anfang einer Veränderung stehe. Ja, keines der Atome, die jetzt zu seinem Körper gehören, war dabei, als er mir in der Aula zum ersten Mal meine Inferiorität bewusst gemacht hat. Und auch das Stück Mensch, das dort im Bett vor mir liegt, ist nicht mehr die gleiche Person, die mich durch ihre Vorträge gefesselt und mir die Hand zur Promotion geschüttelt hat. Ich bin nicht gleichgültig, ich bin realistisch. Ab einem gewissen Punkt wartet man nur noch aufs Sterben. Der Betroffene, sofern er noch bei klarem Verstand ist. Die Angehörigen, die loslassen können. Wollen. Wir sollten uns freuen, wenn diejenigen gehen können, denen das Bleiben zur Qual geworden ist. Wenn wir Sterbende betrauern, beklagen wir unsere eigene Einsamkeit und Vergänglichkeit. Manchmal wünsche ich mir einen Zeitsprung, ja, ich möchte unter Vertretern einer Generation leben, für die ich nicht mehr *Der-Sohn-von...* bin. Doch du lässt dir Zeit mit dem Dahinscheiden, gerade so, als ob du es bis zuletzt auskosten möchtest. Einen heroischen Tod, ein Aufbäumen gegen das Leiden als Bedingung für authentisches Leben praktizieren. *Tod als...* Du und deine Weisheiten am Kamin! Gemütlich die Pfeife schmauchend. Ich hasse das Wort *gemütlich*. Alles Psychologengeschwätz. Das Leben ist das Vorspiel für das einzig Authentische: den Sprung in die Dunkelheit. Bald werden sie um meine Genehmigung bitten, dich künstlich über eine Sonde zu ernähren.

Gott bewahre! Ich bin gespannt, wie lange sich dein Herz und dein Wille dem letzten Ausatmen widersetzen. Ich fürchte, dass du den Punkt verpasst, an dem man um dich weinen wird. Erst wenn ich meinem Bernard begegne, werde ich mich selbst wiederfinden. Erst dann werde ich weinen können.

Lumpenkonkurrenz

Es gibt Tage, an denen Er frisch und schmerzfrei erwacht und ein unbän-
diges Verlangen spürt, Seine Unwissenheit ein wenig zu verringern. Dann
treibt es Ihn zuweilen hinaus aus seinem Domizil, wie an jenem Vormittag,
als es Ihn lockt, seine Kollektion von (natürlich bedeutenden) Werken der
Literatur des 20. Jahrhunderts um eine Sammlung Bulgakow'scher Kurz-
geschichten zu erweitern. Die Zeit der Bahnfahrt in die nicht allzu ferne
Metropole nutzt Er dazu, um, in Gedanken versunken, in den Gesichtern
fremder Leute zu lesen. Gesichter schaffen seelische Resonanzen. Da Er den
anregenden Einfluss solcher Studien auf sich kennt, führt Er stets einen No-
tizblock mit sich, in dem Er die Keime seiner Beobachtungen aufbewahrt,
um aus ihnen später ein wohlgeformtes, üppiges Feature oder eine vor Esprit sprühende Glosse ranken zu lassen, mit der er selbst die Lässigsten noch
in seinen Bann schlägt.

Ideen, Einfälle, Geistesblitze – sie kommen überall. Unentbehrlich erscheint dem Journalisten Thomas Mantheus jenes handliche, bordeaux-
violette Notizbuch, das er stets bei sich führt und sei es, ach ja, um nur
schlichte Stichworte festzuhalten. Das Ausarbeiten folgt später. Doch an
diesem Vormittag drängen sich Ihm keine lohnenden Eindrücke auf. Ein
leichter Anflug von Missmut trübt Seine Empfindungen, und Er verspürt
keine Neigung, dem Händler mit der Obdachlosenzeitung wie gewohnt ein
Exemplar abzunehmen. Zwar findet Er das Blättchen durchaus mit redli-
chem Bemühen zusammengestellt, so dass Er selbst für einen gar kurzen
Moment erwogen hatte, einen Artikel, selbstverständlich ohne Honorar,
und Seinen guten Namen einzubringen, doch ein unruhiges Treiben in Seinem Inneren lässt ihn davor zurückschrecken. Seit jeher hatte es Ihm wider-
strebt, Seine Veröffentlichungen einer konsumgeifernden Meute nach dem
schmalen Verstande zu schreiben. Er hat Seinen Ruf an die ethische und
stilistische Verpflichtung gekettet, Seinem Herausgeber nur die reifsten
Früchte Seiner Imagination darzureichen, und so sperrt sich innerlich alles
in Ihm dagegen, eilends abgefasste Traktate zur Veröffentlichung freizuge-
ben. Schon scheint es Ihm, dass diese Gedankengänge nach nur knapp zwei
Stunden unter leuchtender Sonne Ihm die Laune trüben könnten. Doch
der Ursache Seiner Übelstimmigkeit weiter nachsinnend, gelangt Er zu der
Erkenntnis, sein vergebliches Stöbern nach der gewünschten Erzählsamm-

lung in zwei für gewöhnlich gut sortierten Buchhandlungen führe dazu, dass dieser Schatten der Erfolglosigkeit ihm den Tag verdüstere.

Nun schreitet Er mit verspanntem Leibe und krampfhaft neutraler Miene durch die breit angelegte Fußgängerzone, deren Ladenschluchten angefüllt sind mit ameisenartigen Strömen von wimmelnden Passanten. Eine Peinlichkeit durchzuckt Mantheus. Mit einem Mal empfindet Er eine würgende Einsamkeit inmitten der Vielzahl menschlicher Einzelwesen, die Er einzig noch als sich bewegende Leiber mit Gesichtern wahrnimmt. Eine erschreckende Klarheit der Sinne steigt in Seine Seele. Und Er fühlt sich fremd, lächerlich fremd, umgeben von all den anderen, die vielleicht tausendmal einsamer sind als Er inmitten des unermesslichen Reichtums seines kultivierten Lebens. Er braucht einige Zeit, um zu erkennen, dass der Urheber Seiner Bedenken ein Mensch, nein, eine Figur ist, die fast unauffällig vor der langen Schaufensterwand eines großen Kaufhauses in der Fußgängerzone hockt. Beim Herankommen mag Er schon etwas dort Kauerndes wahrgenommen haben, doch nun bemerkt Er deutlich, dass dieses Etwas dort auf dem Boden sitzt, den Rücken an die Scheibe gelehnt und die Beine leicht angezogen, und vor sich auf einer Decke fächerförmig Schriftgut in Broschürenformat ausgebreitet hat. Den Gedanken an religiöse Traktate verwirft Mantheus rasch, denn für ein Sektenmitglied ist dieses schlecht rasierte Wesen in Cordhose und kariertem Hemd zu schlicht gekleidet. Bei näherem Hinsehen indes kann Mantheus erkennen, dass die Kreatur artig kopierte und zu Heftchen gefaltete Blätter feilbietet, die einem potentiellen Käufer *Lyrik eines Landstreichers* versprechen.

Der Vorbeistrebende staunt und hält inne. Welch ein sonderbares Zusammentreffen. Die Vorstellung, ein unentdecktes Genie vor sich haben, nagt an Mantheus' Bewusstsein und kitzelt einen Nerv in Ihm, den er lieber aus seinem Gefühlsschatz verbannt sähe. Er malt sich aus, wie viel Emsigkeit und Phantasie der Hoffende in dieses Werk gesteckt und welche Erfüllung ihm die Vollendung bereitet haben mag. An Gelingen wagt Er überhaupt nicht zu denken. Nun denn, heißt es nicht schon bei Balzacs Oberst Chabert, dass es schließlich besser sei, in seinen Gefühlen Luxus zu treiben als in seinen Kleidern?

Um nicht aufzufallen oder gar die Aufmerksamkeit des Nachwuchspoeten auf sich zu lenken, verfällt Mantheus in ein wippendes Schlendern, als ob Er die Schaufensterauslage aus wenigen Metern Entfernung inspizieren will.

Nett ersonnen. Lyrik eines Landstreichers. Rührend, wie er so dasitzt. All das, was ihm im einsamen Überschwang von der Seele tropft, hat er behutsam aufgefangen und in schlichte Worte gehüllt. Ob sich in ihm nicht doch ein zu fördernder Genius verbirgt? Aus knapper Distanz kann Mantheus' Nase keine der üblichen unangenehmen Gerüche wahrnehmen, wie sie sonst die zusammengesunkenen Gestalten in den Nischen der Fußgängerzonen und Bahnhöfe verströmen. Aber vielleicht ist hier einfach zu viel frische Luft. Die widerwärtigste Unbill hatte Ihm einst ein stinkender, vor sich hinduselnder Penner in einem Zugangsschacht der Pariser Metro bereitet. Kein Entkommen in der sich endlos hinziehenden Kloake. Wie war Er damals gerannt, ja geradezu geflohen. Hoch über dem Elend stehend, schlugen Seine Gedanken nun Kapriolen. Wie wäre es, diesen Lumpenträger und seine Poeme mit dem Ruf eines zu Unrecht Übergangenen auszustaffieren und seine Produkte als Ergüsse eines Verkannten zu protegieren? Nur Genies vermögen Narren zu foppen. Mit Vorliebe all jene vom Stamme der blasierten Intellektualitzkis. Mantheus, du bist mir schon ein rechter Filou. Vergesst nicht, Er selbst hat neben Sachbüchern und Essaysammlungen auch noch höchst empfindungsvolle Lyrik geschrieben! Er ist ein Kenner. Doch so sehr sie auch sonst nach den Ausdünstungen Seines Geistes gierten, seine Lyrik wussten nur wenige zu schätzen …

Wie liebte sein kleines *er* es, sich mitunter aufzublähen, damit Er besser zur Geltung kommt. O fécondit, de l'esprit et immensit, de l'univers! Poetische Wucht … Seitdem Er diese Worte in einem Interview, Seine Dichtung betreffend, geprägt hatte, wurden sie zu Kleinodien einiger weniger Kenner. Diese Erzeugnisse Seiner stillen Momente empfindet Er in seiner Bescheidenheit zumeist nur als nebensächlich; den wenigen Jüngern gerinnen sie zu treffenden Formeln. Und diesem hier? Dieses Etwas hat mehr stille Momente als ihm lieb ist. Doch bescheiden, bescheiden. Du musst dich selbst ermahnen. Lernt Heiterkeit von den Unterschichten. Ach ja, wie schön könnte die Welt sein.

Andererseits: Was weiß dieses Subjekt von Liebesblähungen? Wenn seine Seele in Gärung ist, produziert sie lediglich: Lyrik eines Landstreichers. Putzig, wie es so dasitzt und hin und wieder einen Reim furzt. Doch: Mein Herz, kalter Stein.

Ob sich tatsächlich Leute finden mochten, die ihm etwas abnehmen? Aus Interesse, aus Mitgefühl, aus Mitleid? Wer kann mit so einem schon mit-leiden? Wem hat der da eigentlich etwas zu sagen? Ist aber die Frage nicht ungenau gestellt? Muss das *Wem-nützt-das?* nicht vielmehr *Was-hilft-es-ihm?* lauten? Mantheus fragt sich auch, ob dieses Bodenwesen etwa davon träumen mochte, dass die Lyrik eines Landstreichers dereinst die Bibliotheken ziert und unter Sammlern als eine in afghanisches Ziegenleder gebundene Sonderausgabe zu begehrten Kleinodien gehört. Auch so ein Gammler denkt. Irgendwie.

Mantheus' Intellekt stolziert wieder. Kunst ist ein wesentlicher Teil in der Evolution der Bewusstseinsbildung. Mantheus fühlt so etwas wie Achtung für dieses Streben nach Würde. Was Ihn abstößt, ist Primitivität. Schreiben sei eine der Formen, das eigene Elend zu bewältigen… Er hört sich noch, wie Er einst diese Worte, sich dabei gewichtig aus dem Sessel lüpfend, bei einer Fernsehdiskussion äußerte. Jeder schreibe die Artikel und die Bücher, die er schreiben muss.

Gibt nun der gnädige Gönner dem Glücklosen Geld oder Gnade? Würde man diesem armen Pennerpoeten helfen, wenn man ihm, als männlicher Galathee, den Magen füllt und Ruhm auf ihn kleckert? Die Zweifel haben keine Schwierigkeit, die Oberhand zu gewinnen. Denn Er selbst verdient ihn gewiss mehr, den Ruhm. Diesem sicherlich doch ein wenig stinkenden Almosenempfänger darf Er nicht zu einem betäubenden Rausch verhelfen.

Nein, flüstert Er.

Also sprach Mantheus. Gedanken stinken nicht, weiß Er. Er lächelt. Nur für sich. Lächelnd wandelt Er weiter durch Seine Welt. Welch glücklicher Mensch, denken die Vorübergehenden.

Mondtränen

Entscheidend ist, sagte Alfruns Mitbewohnerin an einem verlorenen Abend, der mit zwei Flaschen blutrotem Wein und aus der Schweiz geschmuggeltem, smaragdgrünem Absinth endete, ja, wirklich entscheidend ist letzten Endes, ob du zu den Innerlich-Toten oder zu den Vital-Lebenden gehörst. Diese Erfahrung brachte sie von ihren Nachtwachen in der Klinik mit. Nun waren sie bei ihr zu einer tiefen Einsicht geronnen. Alfrun hingegen lebte in einer Wenn-dann-Welt. Aus Furcht, jemandem zu schaden, agierte sie nicht. Sie reagierte. Wenn ich bei diesem neuen Wettbewerb *Jugend forscht* den ersten Preis erringe, dann widme ich mich der Physik (sie wurde Zweite hinter der Tochter eines Professors); wenn ich bei dieser Meisterschaft im 1500-Meter-Lauf siege, dann studiere ich Sport (sie gewann, nachdem die schärfste Konkurrentin wegen dreier Fehlstarts disqualifiziert worden war); wenn ich Jahnns *Fluss ohne Ufer* in drei Wochen durchlesen kann, werde ich Germanistin (nach 57 Seiten verstauchte sie sich den Fuß und hatte viel Zeit zum Lesen). Vor vier Monaten war Alfrun bei Karen zur Untermiete eingezogen, genau an dem Tag als John Lennon Yoko Ono geheiratet hatte. Wenn Alfrun mit Karen in der gemeinsamen Küche hockte, erzählte sie ihr von Anfällen grauer Niedergeschlagenheit sowie von ihrer Begeisterung fürs Fliegen. Die fünf Jahre Ältere steuerte dann zunächst zögerlich, schließlich zunehmend vertrauensvoller, ihre Erfahrungen bei. Seit Stationsschwester Karen einem leukämiekranken Kind die Hand gehalten hatte, als es aus dem Leben geglitten war, gab es für sie nur das Entweder-Oder. Sie hatte mit der sterbenden Neunjährigen, die Wachsblumen liebte, gemeinsam den Vollmond betrachtet. Schau dir den Mond an, pflegte Karen seither zu sagen: Sein Auf- und Untergehen, das ist wie Leben und Sterben – doch selbst wenn wir den Mond nicht sehen, existiert er für uns weiter. Dennoch vermisste Karen ihn stets. Sie hoffte, dass sie wenigstens dem sterbenden Kind etwas Trost hatte geben können. Anschließend hatte Karen etwas Lebendiges um sich herum gebraucht und sich eine Wachsblume angeschafft, die sie stolz und botanisch auftrumpfend *meine* Hoya carnosa nannte.

Alfrun beneidete sie um ihre Unerschrockenheit und ihre Art, auf Menschen zuzugehen. Karen war beliebt. Sie selbst indes hatte jetzt niemanden mehr, der jemals irgend etwas mit ihr betrachten wollte. Dabei waren die zurückliegenden 365 Tage vor ihrem Absturz perfekt gewesen: Sie hatte während der Zimmersuche im neuen Studienort vor dem Aushang in der Mensa zufällig einen jungen Mann kennen gelernt, der alles übertraf, was sie sich bisher erhofft hatte. Er wurde der erste, mit dem sie *diese Sache*, für die sie niemand hatte die Worte lehren wollen, gemacht hatte. Nun fiel sie ins Bodenlose. Das Letzte, an das sie sich gerade noch erinnern konnte, war, dass es angebrannt roch, als sie mit dem Zweitschlüssel leise die Wohnungstür ihres Freundes öffnete, um ihn zum Jubiläum ihrer ersten Begegnung zu überraschen. Als sie in die Küche kam, lehnte er, nur mit Hemd und Socken bekleidet, am Schrank, und vor ihm kniete eine nackte Frau mit Cellohüften, deren gewellte Haarmähne vor der gebräunten Haut ihres Rückens unnatürlich hell wirkte. Sie neigte sich leicht zu ihm, ihre Hände hatte sie unter sein blau kariertes Hemd geschoben, und ihr Körper schwankte langsam vor und zurück, wobei Schulterblätter und Rückgrat unter der seidigen Haut wie ein bewegliches Relief hervortraten. Als er sich mit einer ruckartigen Bewegung losriss und mit offenen Armen auf Alfrun zuging, fiel ihr sein schreckverzerrtes Gesicht nur kurz auf. Viel mehr entsetzte sie, wie sein Glied, mit dem die Blondine eben noch das gemacht hatte, zu dem er Alfrun vor Monaten nicht hatte überreden können, sich ihr wie ein gezückter Dolch entgegenstreckte. Alfrun wich einen Schritt zurück, schleuderte ihm den Schlüssel an den Kopf – sie hörte, wie weh es tat, als sie ihn am Auge traf –, drehte sich panikartig um, rannte auf die Straße und sprang in den erstbesten Bus. Deswegen musste sie noch einmal umsteigen, um heimzukommen. Dann marschierte sie Nägel kauend dreimal um ihren Wohnblock. Der ganze Weg kam ihr vor, als liefe sie durch einen endlosen Tunnelschacht. Verfolgt von einem Fremden mit einer Waffe. Sie hatte Angst vor ihrer Umgebung, die sie schärfer und bedrohlicher wahrnahm als je zuvor. Als im Bus ein Langhaariger seine Zunge in den Mund eines Mädchens tauchte, beide kaum 21, fiel ihr auf, wie er seine Umgebung provozierend beäugte, sie dabei kurz stechend anstarrte und dann nach den Wölbungen unter dem Pullover einer Brünetten spähte. Eine Frau mittleren Alters hatte einen verkürzten Ringfinger, was sie zu verbergen suchte, indem sie die andere Hand über die deformierte legte. Alfrun kamen dazu die mahnenden Worte des Pfarrers im Religionsunterricht in den Sinn: Für alles, was man an sich, mit und an anderen vollzieht, ist Strafen seliger denn Vergeben. Nun hatte sie selbst die Bestrafung ereilt. Sie vermochte sich nur noch als ein Wesen wahrzunehmen, das zwei Sekunden vor und zwei Sekunden nach dem unmittelbaren Jetzt zu erfassen vermochte. Alfrun fühlte sich in die Gegenwart eingefroren wie in einen Eisblock. Ihre Vergangenheit war wie durch einen gewaltigen Axthieb abgespalten. Hinter ihr lag etwas, von dem sie nichts mehr wissen wollte, und vor ihr eine beängstigende Leere. Ihr eigener Körper, umhüllt von einer milchigen, festen Substanz, verschwand dabei. Grau werdend, transparent, schemenhaft, bis er sich schließlich auflöse. Ihr Leben war auf eine Aneinanderreihung von Lügen geschrumpft. Es ist zerschlagene Zeit, dachte sie. Nichts mehr, wofür es sich zu leben lohnt. Meine Bedeutungslosigkeit wird nun zusammengepresst auf den Augenblick.

In einem kleinen Laden am Bahnhof kaufte sie etwas Hochprozentiges. Ihre Sprache war verloren gegangen. Sie bezahlte wie eine der Worte nicht mächtige Gastarbeiterin, indem sie mit zusammengepressten Lippen einen Zwanzig-Mark-Schein hinlegte. Dann hastete sie in die Wohnung, in der ihr Karen ein Zimmer vermietet hatte. Als sie auf der Toilettenschüssel hockte, betrachtete sie argwöhnisch die noch verschlossenen fleischigen Blüten der Wachsblumen in Karens Bad. Eingesponnen in einen Kokon, reckten sie sich ihr entgegen wie vielarmige Ungeheuer im Embryonalzustand. Als das Telefon klingelte, erschrak sie so sehr, dass sie sich schmerzhaft auf die Lippe biss. Karen hatte wieder Nachtschicht und Alfruns Kehle war wie zugeschnürt. Sie zog eilig ihre Hosen hoch und schaltete im schwarzen Flur das Licht an. Nicht er! Bloß nicht… Sie hob den Hörer kurz an, legte ihn wieder auf und dann neben den Apparat. Um den penetranten Summton zu dämpfen, wickelte sie den Telefonknochen in ein dickes Badehandtuch.

Das nächste, was sie im halbwachen Zustand mitbekam, war ein widerwärtiger Würgereiz und der Gestank aus der Kloschüssel, über der sie hing und kotzte. Karen hielt sie von hinten mit ihren muskulösen Armen unter den Achseln fest und schüttelte sie. Verdammte Idiotin, schnauzte sie dabei, hast du die ganze Packung gefressen?

Alles…, was da…, röchelte Alfrun, und wischte sich mit dem Ärmel Tränen und Rotz aus dem Gesicht. Dann erkannte sie, was Karen ihr angetan hatte, wand sich in ihren Armen und schrie: Verflucht…! Warum hast du mich nicht verrecken lassen?

Ein ihr bisher unbekannter Duft von Zuckermilch, Honigbrot und Vanille schlug ihr entgegen – süß, klebrig und stechend. Sie hob den Kopf. Die ersten sternförmigen Blüten der Wachsblumen waren aufgegangen.

Karen riss sie hoch und schlug sie mit der flachen Hand rechts und links so heftig, dass das Schmerzen der Wangen vorübergehend das Brennen in

Kehle und Hirn übertönte. Von dir lasse ich mir nicht die aufregendste Nacht meines Lebens versauen, sagte Karen ruhig. Warum hast du dich nicht am Telefon gemeldet?

Sie sei früher als üblich zurückgekehrt. Hätte zuvor nachfragen wollen, ob Alfrun schon im Haus sei. Dann fand sie die Untermieterin im Flur, wo sie kurz zuvor zusammengebrochen sein musste. Ein fachkundiger Blick, und ihr wurde sofort klar, was los war.

Alfrun spürte den Riss in der Zeit wie eine schmerzende Wunde – zwanzig, vierzig, sechzig Minuten, die in ihrem Gedächtnis unwiederbringlich gelöscht waren. Als Beleg für das, was vorgefallen sein musste, zeigte Karen ihr eine Flasche Rotwein mit Anstandsrest und eine halb leere Schnapspulle, Krümel und Knäckebrotbrocken neben einer zerrissenen Verpackung. Dann die aufgedrückten Hüllen von Schlaftabletten aus Karens Erste-Hilfe-Schrank. Karen erklärte Alfrun in Kurzfassung, wie sie die noch lallende Mitbewohnerin ins Bad gezerrt und ihr Zahnpasta vermischt mit Wasser in den Hals geschüttet hatte. Wenn ich das versehentlich beim Zähneputzen verschlucke, muss ich immer reihern wie ein Russe, sagte sie. Scheint auch bei dir zu helfen.

Muss…, muss mir nicht… der Magen ausgepumpt werden…, oder so was?

So weit kommt's noch! Nur weil Fräulein Selbstmitleid durchdreht, sollen die Ärzte alle Unfallopfer liegen lassen, um sich um deine Wohlstandsnöte zu kümmern?

Was…?, wimmerte Alfrun verheult. Das…, bei all dem, was er mir angetan hat?

Verdammt! In einem hatten unsere Bonzen Recht: Ihr im Westen seid echt verweichlicht. Nur weil das kapitalistische System Euch dekadenten Westlern in den Kopf gesetzt hat, es gebe im Reich des individuellen Eigentums einen Anspruch darauf, jeweils nur einen Partner für die Liebe zu besitzen!

Dieser Kerl…, er hat mein Leben zerstört.

Du zerstörst dich selbst! Zur Hölle mit den mittelalterlichen Idealen, die Minnesänger und Kreuzritter in die Welt gesetzt haben! Die hatten's leichter mit *Treue bis in den Tod* – damals war die Lebenserwartung immerhin viel kürzer. Karen lachte verbittert auf. Du machst dir vor, du hättest einen Freund fürs Leben! Aber auch hier stellt jeder Fummelkavalier sein Kapital

– sein *wertvollstes Stück: Kugellager und Kolben* – für jede sozusagen als *Eigentum des Volkes* zur Verfügung.

Karen räumte einen Stapel mit Büchern von Henry Miller, Charles Baudelaire und Simone de Beauvoir vom Sofa und half Alfrun, sich hinzulegen. Alfrun wimmerte leise und bedeckte ihr Gesicht mit beiden Armen. Dann dämmerte sie weg. Als sie die Augen wieder aufschlug, saß Karen neben ihr und blätterte in einem der Bücher. *Geheimnisvoll... spiegelt ihr zärtlicher, träumender, grausamer Blick aus blassen Himmels müden Gleichmut zurück.*

Er hat mich so verletzt, flüsterte Alfrun.

Oh, Mann! Erst der Trubel mit den Spießern in der Klinik und jetzt du. Mistkerle!

Was war an deiner Nacht so aufregend? Hast du auch mit jemandem..., so wie..., nun ja, solche Sachen gemacht?

Quatschkuh! Wenn überhaupt, dann versuche ich dich rumzukriegen. Es lebe *Gay Power*!

Wie redest du denn...?

Na, Kleines, jetzt guck nicht wie eine Pennälerin, die zum ersten Mal 'nen Oswald-Kolle-Film sieht. Unsere Wörter sind unsere Freiheit. Bekommst du denn gar nichts mit? Letzten Monat haben sich in New York erstmals Homosexuelle handgreiflich gegen die Bullen gewehrt und auf ihre Diskriminierung aufmerksam gemacht. Tja, versuch's doch auch mal als Lesbierin – damit ersparst du dir die Mühen, die Anti-Baby-Pille zu besorgen. Zuvor biete deinem Kerl doch das gleiche Programm und dann beiße zu – zur Sache, Schätzchen!

Alfrun lachte auf wie ein prustender Gaul und Schleim tropfte ihr aus der Nase.

Scheiße, keuchte sie.

Nee – die kommt woanders raus.

Nicht gerade sehr romantisch.

Dafür gibt es Bänke unterm Wonnemond. Doch der scheint nicht über Betten.

Alfruns Schädel brannte. Seminarsprüche wie: *Es gibt kein richtiges Leben im falschen...* gingen ihr durch den Sinn. Meines ist ein verkorkstes Leben im fehlgeleiteten.

Werde ich also nicht ... sterben?

An einer Alkoholvergiftung vielleicht. Trink den Kaffee! Zum Glück hatte ich nicht mehr viele Schlaftabletten übrig. Ich brauche wohl ein Vorhängeschloss für meinen Medikamentenschrank.

Barsch forderte sie Alfrun auf, den Ärmel ihrer Bluse hochzuziehen. Da sie wegen der trägen Bewegungen ungeduldig wurde, half sie nach. Dann injizierte sie ein Aufputschmittel.

Mir ist schlecht, stöhnte Alfrun. Ich glaube, mir fällt der Himmel auf den Kopf.

Was? Luft, Gase, Wolken? Schlimmer wäre, wenn dir der Mond auf den Schädel knallt. Der ist massiv.

Karen muss es wissen, sagte sich Alfrun. Ihre Regale quellen über von Zukunftsromanen neben Büchern über Astronomie und Raumfahrt. Auf Deutsch, Englisch und Russisch, das sie in dem anderen Teil Deutschlands gelernt hat, aus dem sie vor drei Jahren geflohen ist und den sie nur *die SBZ* nennt. Sowjetische Besatzungszone.

Alfrun zog Rotz in der Nase hoch und starrte mit versteinerter Miene an die Decke.

Hasst du ihn dafür?, fragte Karen.

Ich hasse mich, weil er mich nicht so braucht wie ich ihn.

Du solltest dieses ganze verdammte Dasein aus kosmischen Dimensionen betrachten.

Karen zog ein Gesicht, schwang sich vom Sofa und ging zum Fernseher.

He, wir haben kurz nach drei Uhr nachts, sagte Alfrun. Da läuft nichts mehr.

Heute schon. Ich habe extra mit einer Kollegin getauscht, um früher heimkommen zu können. Wollte dir noch Bescheid geben – das will ich mir nicht entgehen lassen!

Was? Irgendeinen Boxkampf?

Quatsch. *Se Iiigäl häs ländet*, sagte Karen mit ihrem groben Akzent. Die Amis sind auf dem Mond gelandet.

Karen drehte den Ton leise, um die Nachbarn nicht zu stören, und setzte noch eine Kanne Kaffee auf. Erwartungsvoll starrten sie auf grieselige

Bilder von der Mondoberfläche in dem aktenmappengroßen Bildschirm und warteten darauf, dass die Astronauten aussteigen würden. Das nervöse Flimmern des Fernsehgerätes machte auch sie unruhig.

Bei *Raumpatrouille* sind vielleicht die Bilder schärfer, aber *das* hier – das ist kaum zu fassen! Alles echt! In diesem Augenblick! Und wir sind dabei.

Karen, die sich für Neues in jeder Form begeistern konnte – je amerikanischer desto lieber –, saß aufgeregt auf der Stuhlkante.

Die Technik ist hoffentlich zuverlässiger als die Qualität dieser Bilder, sagte Alfrun.

Bei *Apollo 11* bestimmt tausendundelf Mal besser. Die haben ja vorher mehrfach Testflüge mit Mondumrundungen gemacht.

Alfrun kniff misstrauisch die Augen zusammen. Kommen die auch heil wieder zurück, wenn sie drauf landen?

Ich mache mir keine Sorgen. Die würden nirgendwo hinfliegen, wo sie nicht auch unversehrt wieder herauskommen.

Ganz schönes Geduldsspiel, das da oben …

Im Weltall gibt es kein *oben* und *unten*.

Alfrun drehte sich auf die Seite, um den Bildschirm besser sehen zu können. Was begeistert dich so daran?

Das kann ich dir nicht sagen. Du würdest mich für verrückt erklären.

Dich machen Typen in Raumanzügen an?

Nein. Du würdest denken, ich sei …

Nun mach schon. Erzähl mir was … Selber reden strengt mich an.

Aber du musst das Maul aufkriegen, um loszuwerden, was dir auf der Seele liegt, rief Karen. Heute im Krankenhaus konnte ich mir auch nicht seelenruhig anhören, wie ein alter Kracker gegen *das Studentenpack und andere Krawallmacher* wetterte. Dann brabbelte er irgendwas von *ich*-sei-ordinär – aber, verflixt nochmal, viele leben hier noch so hinterm Mond. Dabei sind andere längst dabei, ihn zu erkunden! Dadurch weiß ich, dass *alles* möglich ist, solange man es wirklich erreichen will. Wenn ich die Freiheit, von der Henry Miller, die Beauvoir, Sartre und andere erzählen, ernst nehme und in die Tat umsetze, dann wird das meine persönliche Mondlandung!

Alfruns Kopf schmerzte noch immer und sie fühlte sich zunehmend benommen. Sie schloss die Augen, dämmerte vor sich hin. Sie wusste nicht mehr, ob Minuten oder Stunden vergangen waren, als Karen sie rüttelte.

Schau – da regt sich was, flüsterte sie.

Alfrun tastete nach ihrer Hand, von der sie eine zärtliche Berührung spürte. Noch nie hatte eine Frau ihre Hand gehalten.

Warum, zum Teufel, ist eigentlich keine Frau dabei?, fragte Alfrun.

Bestimmt alles alte Nazis. Für die gehören Frauen zu Kindern und Küche. *It's a mähns wörlt* – das Reich von Wernher von Braun und Co. ist von Peenemünde bis Houston eine Männerwelt. Nun ja, die sind auch wie meine Wachsblumen – sehen wunderhübsch aus, aber irgendwas stinkt daran.

Ich finde den Duft angenehm, sagte Alfrun. Aber wahrscheinlich sollte ich mich nicht mehr so leicht betören lassen.

Alfrun ballte die Hand zur Faust, drückte schwerfällig ihren Oberkörper hoch und lehnte sich auf den Unterarm.

That's one small step for man, one giant leap for mankind, vernahmen sie aus dem Fernseher.

Das ist doch nicht zu fassen, zischte Alfrun.

Was?

…for man. Alfrun setzte sich auf. Weshalb ist das englische Wort für Mensch gleichbedeutend mit Mann?

Vielleicht weil wir als Randerscheinung gelten. Laut einem noch in der Moderne verbreiteten Aberglauben aus einer Rippe geschaffen.

Alfruns Züge verhärteten sich. Manchmal geht mir dein Zynismus auf die Nerven!

Ich und zynisch? Eine Gesellschaft, die nach zwei Weltkriegen noch immer Waffenarsenale anhäuft, anstatt erschwingliche Medikamente gegen qualvolle Krankheiten zu entwickeln – das ist zynisch. Das sterbende Kind, von dem ich dir erzählt habe – wir haben uns zusammen vorgestellt, wie schön eine Welt wäre, in der es das smaragdgrüne *Supheimit*, das Superheilmittel mit Schokogeschmack gäbe. Eines Abends sagte die Kleine zu mir: Schau mal, Schwester Karen, von ferne betrachtet ist die Erde doch wie ein Rohdiamant im Weltall. Und wir müssen dafür sorgen, dass er zu etwas Kostbarem geschliffen wird.

Klingt nach einer sinnvolleren Herausforderung, als dass ich die Lyrik von George und Silesius studiere… Leider verstehe ich wenig von Chemie, eher etwas von Aeronautik.

Und ich bin nicht fit genug zum Fliegen. Zudem kein Ass in Mathe und Physik.

Alfrun breitete die Arme aus, imitierte prustend das Durchbrechen der Schallmauer und wiegte sich wie ein Kind, das *Flugzeug* spielt.

Es wäre bestimmt spannend, Astronautin zu werden, rief sie übermütig.

Dann musst du es erst einmal zur Pilotin schaffen.

Mit meinem Vater als Lehrer habe ich schon gemeinsam Segelflugzeuge gelenkt. Doch warum sollte ich einen massiven, toten Stein im Universum ansteuern?

Weil alles zusammenhängt. Auch Frauen gehören ins Weltall. Sie sind doch kein abgespaltenes Nebenprodukt, sondern ein Element der Balance. Wie der Mond.

Der Mond ist doch ein toter Brocken…

Karen sprang erregt auf und fuchtelte mit einem Pfirsich und einer Kirsche vor Alfruns Gesicht herum, die sie mit ausladenden Bewegungen umeinander kreisen ließ.

Unser Mond ist ein riesiger Brocken Erde – unserer Erde!, kommentierte sie. Wahrscheinlich vor Jahrmillionen bei einer Kollision mit was weiß ich herausgesprengt. Mond und Erde gehören zusammen. Dieser Flug zum Mond ist eine Reise in unsere eigene Vergangenheit. Doch für mich sind Mondreisen nur das Mittel für einen größeren Zweck.

Welchen? Die Dekadenz des Westens unter Beweis zu stellen?

Spinnertes Mondkalb! Nein. Sie sind der Anfang vom Aufbruch in eine bessere Zeit. Sieh mal, nur durch den Trabanten hat sich die Erddrehung so abgeschwächt und die Neigung der Achse so eingestellt, dass Leben auf unserem Planeten erst möglich ist.

Auch Lebensformen wie mein Ex, dieses Arschloch, und sein Flittchen?

Vergiss den Kerl! Hier geht es um mehr, sagte Karen. Diese besondere Beziehung zum Mond verpflichtet uns, etwas aus dem Leben zu machen. Vielleicht können wir eines Tages sogar auf dem Mond siedeln.

Um dann von dort aus Erdsichel, Halb- und Vollerde zu bewundern? Wie das wohl wirken mag? Seit ich die Wachsblume habe, finde ich den abnehmenden Mond nicht mehr so deprimierend. Noch bevor es soweit ist, sieht man auch bei dieser Pflanze das Vergehen langsam kommen. Ich finde das faszinierend: Die Wachsblume wird allmählich blass und beginnt zu tränen, obwohl sie noch in voller Blüte steht. In kürzester Zeit stirbt sie dann und verschrumpelt wie eine Mumie. Und manchmal, Alfrun, wenn ich jetzt den Mond betrachte, kommt es mir vor, als ob die dunklen Flecken Tränen sind, die das Vergehen ankündigen. Aber er erneuert sich immer wieder, so wie die Pflanze neue Blüten treibt. Sie wachsen und vergehen – wie der Mond.

Deine Wachsblumen…, sie wirken von weitem betrachtet so… verletzlich.

Das sind sie auch. Manchmal kommen Jahre, in denen sie gar nicht blühen. Dadurch lernt man Geduld. Tja, überhaupt müssen wir nur so lange am Fluss sitzen, bis die Leichen unserer Feinde vorbei schwimmen und die richtigen Menschen zu uns stoßen. Bist du kein bisschen neugierig, wer alles dabei sein wird?

Alfrun lächelte gequält. Vielleicht ein Weltraumheld…

Ja, klar! Ein toller Hecht wie dieser Neil Armstrong.

Der ist aber bestimmt verheiratet…

Egal. Vielleicht sollte ich doch irgendwann mal den Männern wieder eine Chance geben.

Alfrun zog erstaunt die Augenbrauen hoch.

Jawohl, meine Liebe, ich bin offen für beides. Momentan eher für meinesgleichen, zugegeben. Nachdem mich vor fünf Monaten mein damaliger Freund mit einer Anderen gelinkt hat, habe ich von der Sorte erst mal die Schnauze voll. Aber wer weiß…, vielleicht sollten wir unsere Typen mal zu einem Quartett im Bett einladen, tja, *änd thsen*…, sagte Karen und zerdrückte den Pfirsich in ihrer Hand, so dass Saft bis auf Alfruns Bluse spritzte. Wahrscheinlich bin ich damals auf ihn abgefahren, weil er einem dieser Astronauten ähnelt…

Armstrong?

Nee, Michael Collins – der arme Kerl, der jetzt in der *Columbia*-Kommando -kapsel allein seine Runden um den Mond drehen muss.

Sah deine Collins-Imitation denn gut aus?

Karen stand auf, wusch sich die Hände und holte ein Foto aus der Schublade. Collins habe ich nur im Fernsehen oder irgendeiner Zeitschrift gesehen. Hier ist ein Bild von meinem Freund.

Alfrun starrte entgeistert auf das Foto eines dunkelhaarigen jungen Mannes in einem blau karierten Hemd. Ihr war, als müsste sie ersticken, doch sie zwang sich zu einem freundlichen Gesichtsausdruck.

Deinem…?

Ja, okay, Ex. Aber vielleicht – wer weiß. Die Schlampe, in die er sich verguckt hat, könnte ich bis ans andere Ende des Universums schießen!

Sie prostete Alfrun mit ihrer Kaffeetasse zu. Auf das Leben!

Alfrun reichte ein kurzer Blick auf das Bild. Sie konnte den Anblick, verdammt, konnte dieses Wiedererkennen nicht ertragen. Unter ihrer Schädeldecke tobten plötzliche Turbulenzen. Ich brauche frische Ideale, schoss es ihr durch den Kopf. Etwas, bei dem Enttäuschungen erspart bleiben. Ich sollte mich beeilen, meine neuen Pläne zu verwirklichen, überlegte sie. Wenn ich in der Raumfahrt arbeiten will, dann habe ich einen guten Grund, von hier wegzuziehen.

Okay, sagte sie lauter als beabsichtigt, wie ich sehe, haben andere Väter auch hübsche Söhne. Dann werde ich mich erst umbringen, wenn bei einer Weltraummission die Technik versagt und Astronauten zu Schaden kommen.

Tja, den Flug mit der Nummer 13 lassen sie für dich bestimmt aus. Karen lächelte ein *Beste-Freundin*-Lächeln. Gib mir Bescheid, wenn du eines Tages an Bord sein wirst, Kleines.

Der Indianer

Er war aus dem Nichts erschienen und sollte auch dahin wieder verschwinden, nachdem er uns alle beschämt hatte. Niemand hatte ihn kommen sehen und keiner wusste, ob er überhaupt eingeladen war. Für mich war er immerhin die prägnanteste Persönlichkeit auf dem Gartenfest, das meine Großeltern anlässlich ihrer Goldenen Hochzeit auf ihrem Anwesen ausrichteten. Er trug eine dunkle Lederjacke und elegante schwarze Jeans, die sich an einem bewölkten, trüben Tag vor dem Einheitsgrau der Welt nicht sonderlich abgehoben hätten. Aber an einem klaren, blauen Sonnentag wirkten sie auf dem Untergrund des perlgrünen Rasens und inmitten all der mit bunten Ballons geschmückten Stände wie Abfall. Ein Kontrast zu den feinen Aromen, die in der Luft lagen – dem Duft von Crêpe, Lachs und Spargelgerichten – und auch zu den vorherrschenden Kleidungsfarben Gold, Weiß und Burgunderrot, mit denen die Etiketten der Champagner- und Weinflaschen korrespondierten.

Was starrst du ihn so an?, fragte meine Cousine Edith. Mich wundert, dass irgendwer überhaupt seine Adresse hatte, um ihn einzuladen.

Ohne, dass sie näher darauf einging, wusste ich gleich, wer er war: Der Onkel, von dem keiner gerne spricht. Meine Eltern hatten in irgendeinem Album Bilder von ihm, die ihn 20 bis 30 Jahre jünger zeigen. Sein wuschiger Haarschopf war mittlerweile ausgedünnt und besaß nun einen silbrigen Schimmer. Doch sein bartloser Schädel hatte die scharf geschnittenen Konturen einer afrikanischen Skulptur. Seine schmalen Lippen zeigten keine Regung. Meine Eltern sind tot, und selbst als sie noch lebten, war er kaum ein Thema. Meine Mutter hatte ihre beiden Geschwister kaum erwähnt. Anhand ihres Alters überschlug ich, wie alt er jetzt in etwa sein mochte und schätzte ihn auf um die sechzig. Sie hatte ihn immer den »Indianer« genannt, eine Bezeichnung, die mein Vater in die Welt gesetzt hatte. Er muss ihm bei irgendeiner Gelegenheit mal begegnet sein und fand seine Art, die lange Mähne mit Gummiband zu einem Zopf zu bändigen, unmännlich. Einfach nur affig. Wie ein Halbwilder. Ein richtiger Indianer eben. Und nun befand er sich hier mitten unter uns. Thomas Wolf. Er trage nicht zum Ansehen der Familie bei, hatte Edith einmal getuschelt.

Ein ungläubiger Asket unter den Wölfen also, oder wie hatte ich das zu verstehen? Das Rudel umfasste gut hundert Personen. Zur Hälfte Verwandtschaft, zur anderen Hälfte Freunde und Geschäftspartner. Hier war er umgeben von Neureicheneleganz und Nadelstreifen.

Wenn man sieht, was aus ihm geworden ist, sagte Edith und unterstrich mit einer Geste der flachen Hand ihre Andeutung. Er war mal ein guter Schüler. Stand vor einem Einser-Abitur – so wie du jetzt, Robert. Und dann... Der Tod von Lara hat ihn völlig aus der Bahn geworfen.

Ich stutzte. Lara?

Seine Schwester. Hübsches Ding. Ihr Körper wirkte zierlich, doch wenn sie in ihrem ärmellosen Shirt ihr Fahrrad aus der Garage trug, sah man wie muskulös ihre schlanken Arme waren. Sie hatte lockige blonde Haare und schon mit vierzehn einen Busen, der sie wie sechzehn aussehen ließ. Ihre Oberlippe war in der Mitte leicht verzogen, eine minimale Unregelmäßigkeit, die ihre Vollkommenheit umso mehr betonte und ihr etwas Beschützenswertes verlieh. Lara war zwei Jahre jünger als Thomas. Doch er konnte sie nicht beschützen. Nicht überall. Sie hatte einen Unfall. Mit 17 war sie tot. Er musste die mündlichen Abiturprüfungen abbrechen. Um ihm entgegen zu kommen, durfte er sie wiederholen, aber die Ergebnisse waren nur noch mittelmäßig. Er fing an zu studieren. Philosophie wahrscheinlich, oder Germanistik. Doch er entwickelte sich zu einem Zombie-Studenten, der ziellos vor sich hin lernte und lebte. Er begann in einem Antiquariat zu jobben. Dann verloren sich für Cousine Edith seine Spuren.

Das Stimmengewirr surrte gedämpft vor sich hin. Junge Mütter schleppten Holzbretter und Eimer zu einem Teil des Gartens, der weit genug von den Obstbäumen und Rosen entfernt war, so dass die Kinder eine große Rasenfläche zum Spielen und Herumtoben hatten. Dort gab es einen Trubel wie auf einem kleinen Volksfest. Ich ging langsam von einer Gruppierung zur anderen, ein Glas Sekt-Orange in der Hand, an dem ich ab und zu nippte. Doch wie ich meine Großeltern kenne, ließen sie dafür wahrscheinlich ausschließlich Champagner verwenden. Junge Damen in weißen Blusen, knielangen roten Röcken und schwarzen Seidenstrümpfen gingen mit Tabletts voller Canapés, gefüllten und leeren Gläsern durch die Menge.

Unter den Baldachinen standen Männer, die Krawatten gelockert, in kleinen Gruppen beisammen. Rauchten und plauderten. Einige hatten wegen der Hitze die Jacketts abgelegt, so dass man unter den Achseln Flecken auf ihren weißen Hemden sehen konnte.

Die Aktien von W. sind leicht gesunken...

Jetzt ist der richtige Zeitpunkt, um bei B. einzusteigen ...

Das hätte ich mir nie träumen lassen ...

Unter 200.000 Euro kann man es gleich vergessen ...

Drei junge Frauen und ihre Mütter gingen zwischen dem Haus und dem improvisierten Spielplatz hin und her wie Ameisen auf ihren Pfaden. In fünfzehn Minuten geht's los, hörte ich eine verkünden.

Ich umrundete eine Gruppe reiferer Damen in Sommerkleidern, die die ledrige Haut ihrer Rücken und Arme der Sonne darboten und sich mittels eleganter Bewegungen mit Kuchengabeln kleine Sahnetorten in die zaghaft geöffneten Münder schoben. Die jungen Frauen füllten mit Hilfe eines Schlauchs riesige Eimer mit Wasser, um sie zu beschweren, damit sie nicht so leicht umkippten.

Immer wenn der Indianer auftauchte, erstarben die angeregten Familiengespräche, so als ob eine fehlerhaft gebrannte CD Tonlöcher aufweist. Danach lief das Allegretto-Geplapper im Andante moderato weiter. Seine Anwesenheit war ein hässlicher Kratzer auf der kristallklaren Oberfläche der Gemütlichkeit.

Ihn schien das nicht zu stören. Von den Tabletts der umherpatrouillierenden Bedienungen nahm er sich einen kleinen Happen und ein Glas Saft. Dabei verzog er keine Miene; sein lässiger Gang verriet Selbstsicherheit. Man konnte ihn sich ebenso gut Gitarre spielend in der Fußgängerzone vorstellen wie als Geschäftsführer einer Kette mit biologisch angebautem Gemüse und laktosefreier Milch. Mit seinem braungebrannten, von tiefen Furchen durchzogenen Pferdegesicht und der grauen Haarmähne mit dem langen Künstlerzopf kam er der hessischen Vorstellung von Indianern schon recht nahe.

Ich erschrak, als sich unsere Blicke für wenige Sekunden trafen. Mir war, als sähe ich dabei die Andeutung eines Lächelns auf seinen Lippen spielen. Beobachtete ich ihn oder er uns? Auf einmal kam ich mir vor wie eine Laborratte. Ich fühlte mich beim Hinstarren ertappt und wandte mich als erster ab.

Auch einem Großonkel muss mein Interesse aufgefallen sein. Der Bursche war ein Rebell, sagte er heiser, ist es wahrscheinlich noch immer, so wie er hier rumläuft. Während er sprach, versuchte ich verzweifelt, mich an seinen Namen zu erinnern. Irgendein anderer der Wolf-Sippe. Doch welcher?

Weiß du, was er getan hat, Robert? Es war übel, ganz übel. Hatte sich mit seiner Schwester Lara verkracht. Kurz danach kam sie ums Leben. Und er gab sich die Schuld daran. Er hatte sie von einer Fete nicht abgeholt. War wohl selbst angetrunken. Sie musste per Anhalter fahren, dabei ist es wohl passiert. Ich glaube, erst danach geriet er völlig auf die schiefe Bahn. Danach ... Hoffe ich zumindest für ihn.

Er rückte seine Krawatte zurecht. Lebte von diversen Gelegenheitsarbeiten, fuhr er fort, jobbte herum. Ein Computer-Freak, der zum Genie nicht gut genug war und fürs regelmäßige Arbeiten nicht diszipliniert genug.

Was mochte nur vorgefallen sein, fragte ich mich. Ist ihm an Streit und Liebe die Lust vergangen?

Andere Frauen trugen große Kartons mit Mohrenköpfen herbei. Massenweise, schlicht und schwarz. Nicht die unzähligen Schaumkuss-Varianten, wie man sie auf Jahrmärkten findet. Richtige altmodische Negerküsse.

Komm, Robert, sei unser Schiedsrichter!, riefen mir die Frauen zu und winkten mich mit den Armen herbei. Ich hätte nicht sagen können, ob ich mit ihnen verwandt war oder nicht. Eigentlich waren die meisten von ihnen dafür zu blond, aber es war mir auch egal. Einige von ihnen waren jünger als die meisten Erwachsenen auf dieser Feier und hübsch anzusehen – ein willkommene Abwechslung also.

Auf das äußerste Ende der zwölf gewaltigen Wassereimer legten wir schmale Holzbretter, und auf diese platzierten wir bei jedem Eimer zehn Mohrenköpfe. Während ich ihnen dabei half, hörte ich aus ihren Gesprächen heraus, dass nach ihrem Kenntnisstand der Indianer mal verheiratet gewesen sein soll, in einer Version hatte er aus der Beziehung sogar ein Kind.

Der Vater einer der Frauen soll, wenn auch nur kurz, einmal mit ihm gesprochen haben. Was machst du, wenn die Welt morgen untergeht?, soll er ihn gefragt und sich diese keinesfalls rhetorische gemeinte Frage selbst beantwortet haben: Fressen und ficken bis dir der Schwanz abfällt. Alle lachten.

Er sei nach Tansania gegangen, freiwillig als Arzt, wusste eine. Dort habe er mit einer gewissen Clara eine spirituelle Hochzeit vollzogen. Bewusst gegen die christlichen Riten der kirchlichen Zeremonie. Er sei schon immer so gewesen. Dies schien eine Tatsache zu sein. Eine aufgedrehte Corinna kommentierte mit quäkender Stimme zwischen zwei Happen Kirschtorte, dass er möglicherweise nach Afrika gegangen sei, weil ihm hier an einer angesehenen Klinik ein Kunstfehler unterlaufen sei. Die stärkere Betonung lag bei ihr auf *Kunstfehler* und nicht auf *möglicherweise*. Selbst wenn, lautete der Tenor, für die Schwarzen sei so eine Fachkraft aus Deutschland immer noch ein Gewinn. Der Indianer und Clara waren mäßige Esser, verkündete eine, vermochten indes ausgiebig zu vögeln. Clara soll die Auffassung vertreten haben, dass nur Männer das f-Wort benutzten, Frauen bevorzugten *vögeln*. Er auch. Er soll den Ausdruck verspielter gefunden haben. Und Clara habe sich mit diesem Spiel von der Verklemmtheit ihrer katholischen Familie befreit. Ich hatte den Eindruck, dass die jungen Frauen auch gerne durch ihn davon befreit worden wären.

Unterdessen waren die Aufbauten fertig und eine Schar Kinder hatte sich um uns versammelt. Als Schiedsrichter musste ich mich ans äußerste Ende der Eimerreihe mit den Brettern stellen. Abwechselnd knieten sechs Jungen und sechs Mädchen vor den ihnen zugeteilten Mohrenköpfen nieder. In gespannter Erwartung ließen sie sich dennoch geduldig die Hände locker auf den Rücken binden. Ihre Aufgabe sollte nun darin bestehen, verkündete eine der Mütter, ihre jeweils zehn Negerküsse – sie hauchte das Wort wie eine Marylin Monroe-Imitation – nacheinander mit der Nase in die Wassereimer zu bugsieren und sie dann zu vertilgen. Sobald der Sieger fest stehe, worüber ich zu entscheiden hatte, ließen sich die weiteren Platzierungen anhand der jeweils übrig gebliebenen Mohrenköpfe ablesen.

Man drückte mir eine Trillerpfeife in die Hand, mit der ich das schrille Startsignal gab. Unter den Anfeuerungsrufen der Umstehenden sperrten die Kinder ihre Mäuler so weit auf, als wollten sie sich die Kiefer aushaken. Einige saugten den ins Wasser gestupsten Mohrenkopf wie Staubsauger in die so entstandene Öffnung, andere wölbten ihren Schlund über den Schaumkuss so wie eine Schlange ein Ei zu sich nimmt. Ungeschicktere drückten dabei den Mohrenkopf mehr unter Wasser als dass sie Stücke davon abbeißen konnten. Die Jungen glänzten mit unbändiger Verbissenheit und Kampfeifer, während die Mädchen es mit Geschick versuchten.

Aus den Augenwinkeln sah ich, wie der Indianer mit zusammengepressten Lippen näher gekommen war und das Treiben in Augenschein nahm. Das Geschrei der Anfeuerungsrufe gellte mir immer stärker in den Ohren. Der Lärm lockte immer mehr Leute an, die zumeist noch mit Trinken und Essen beschäftigt waren. Mit voll gestopften Mäulern riefen sie Kommentare, lachten und prusteten.

Von den meisten Gästen unbemerkt, hatte sich ein braunhaariger Junge am äußeren Ende der Reihe einen Vorsprung von einem Negerkuss herausgefressen. Wie eine Maschine hatte er einen nach den anderen ins Wasser gestoßen und zumeist mit einem Zuschnappen in den Mund bekommen, um ihn dann schnaufend zu verschlingen und sich gleich über den nächsten herzumachen. Nach dem neunten Mohrenkopf zögerte er. Da ich immer ein Auge auf ihn geworfen hatte, weil ich ihn für den Anwärter auf den Sieg hielt, fiel mir die Veränderung sofort auf. Er riss die Augen auf und würgte. Zunächst dachte ich noch, er markiere nur. Doch dann schnappte er nach Luft wie ein Ertrinkender, bewegte unkontrolliert die Arme und sackte in sich zusammen.

Kaum jemand achtete auf ihn oder meinen entsetzten Aufschrei. In seiner Nähe standen Leute, die Teller in der Hand hielten, von denen sie Kuchen oder Appetithappen mampften. Sie wichen erschrocken zurück, als der etwa neunjährige Junge umkippte. Ich drängte mich an der nun rhythmisch klatschenden Menge vorbei und eilte zu dem Kind. Kaum hatte ich es erreicht, war der Indianer über ihm. Er umklammerte den Kleinen mit beiden Armen von hinten, hob ihn – den Kopf nach unten – hoch wie Spielzeug und drückte ihm auf den Bauch.

Steck dir den Finger in den Hals, rief er, los, mach schon!

Er klopfte ihm mit der flachen Hand zwei, drei Mal auf den Rücken, und der Junge würgte große Brocken von Waffelresten hervor, bevor er sich auf den Rasen erbrach. Dann warf der Indianer das Holzbrett den Umstehenden vor die Füße. Los, trink Wasser aus dem Eimer! Der Junge gehorchte, dann hob ihn der Indianer hoch und trug ihn etwa zehn Meter abseits der Menge, die ihn entgeistert anstarrte. Als Schiedsrichter fühlte ich mich berechtigt, den beiden nachzugehen.

Ich zögerte noch als ich sah, wie der Indianer mit dem erschöpft wirkenden Kind sprach. Dann trat ich näher und sagte: Danke.

Er sah mich an und fragte: Kannst du mich zum Bahnhof fahren?

Ich war zehn Minuten mit ihm allein, doch wir schwiegen. Fieberhaft überlegte ich, wie ich ein Gespräch hätte in Gang bringen können. Ich wollte einleitend sagen: Wie gut, dass du gekommen bist, oder: Wenn du wüsstest, wie sie sich über dich das Maul zerreißen… Aber das wusste er wahrscheinlich längst. Er kannte das Wolfsrudel. Heraus kam schließlich, kurz bevor er am Bahnhof ausstieg, vor lauter Peinlichkeit der Situation und aus

Angst, ihn anzusprechen, schließlich nur ein: Trotz alledem… Warum bist du gekommen?

Es klang nicht schroff, aber die Worte erschienen mir fehl am Platz. Er sah mich kurz an, blickte dann an mir vorbei auf die herumschwärmenden Menschen und schließlich auf den blauen Himmel. Damit mir der Abschied leicht fällt, sagte er.

Reigenroulett

Er bemerkte sie erst, als sie ihn ansprach. Ihm war, als habe er schon die ganze Zeit auf eine solche Ablenkung gewartet.

Wie bitte? Er blickte von seinen Unterlagen auf. Vor ihm stand eine junge Frau, den Oberkörper leicht nach vorne geneigt, mit einem gewaltigen Rucksack wie ihn Backpacker mit sich herumschleppen.

Der Zug nach Köln. Ob der schon weg ist?, sagte sie freundlich, so als ob sie eine Frage aus einer anderen Sprache für ihn übersetzen müsste.

Ja, vor wenigen Minuten ist hier irgendein Zug abgefahren. Ich habe nicht darauf geachtet, wohin. Vielleicht war es ihrer.

Sie schien weder überrascht noch verärgert. Wegen der Sonne, die durch das getönte Glas der Überdachung hineinschien, hielt sie eine Hand schützend über ihre dunklen Augen und blickte sich am leeren Bahnsteig um. Die Haare trug sie zu einem Pferdeschwanz gebunden, der bei ihren Kopfbewegungen hin- und herwippte, auf der glatten Stirn hatte sie eine winzige Narbe. Die junge Frau straffte die Schultern, um den Rucksack abzunehmen. Er wollte schon aufstehen, um ihr behilflich zu sein, doch er hatte noch seine Aktenmappe auf dem Schoß. Um seine unbeholfene Bewegung zu rechtfertigen und um zu verhindern, dass ihm alle Papiere zu Boden fielen, rutschte er auf der Bank ganz an den Rand.

Er spürte ein Beben, als sie den Rucksack neben ihn stellte.

Warum bist du an diesem Gleis, wenn du nicht in den Zug einsteigst?, fragte sie unvermittelt.

Eigentlich hätte er über das unerwartete Duzen, den allzu vertrauten Tonfall verärgert sein müssen, aber ihm gefiel ihre Unbefangenheit. Ihr Schmollmund war leicht geöffnet und er konnte sehen, wie ihre Zunge einen winzigen Spalt zwischen ihren Schneidezähnen umspielte. Durchaus hätte sie eine seiner Studentinnen sein können. Sie trug ein ärmelloses dunkelgrünes Shirt, dessen Aufdruck schon völlig verwaschen war, und eine Lederweste. Aus einem Jeansrock ragten zwei dünne braungebrannte Beine – dünn oder schlank?, fragte er sich –, die in hellen Socken und schwarzen Turnschuhen endeten. Als er aufblickte hatte er einige Zentimeter straffer nackter Haut zwischen dem Ende ihres Tops und dem Rock vor Augen.

Ich wollte diesen Zug nicht benutzen, sagte er. Ich sitze nur an diesem Gleis, weil es so angenehm leer ist und ich noch etwas durchlesen muss.

Sie ließ sich auf die Bank fallen und lehnte sich auf den Rucksack, der zwischen ihnen stand. Oben darauf hatte sie eine Jeansjacke geschnallt. Dann nannten sie sich ihre Namen. Johannes Fischzer, sagte er. Lore, Lore Loy, sagte sie. Von sich wusste er, dass der Name falsch war.

Es gibt angenehmere Plätze zum Lesen.

Mag sein, aber ich muss hier warten, weil mein Anschlusszug eine Stunde Verspätung hat. Und ich muss arbeiten.

Arbeiten?

Unterlagen durchgehen für einen Vortrag, den ich morgen halten muss.

Sie warf ihm einen traurigen Blick zu. Wie ein tödlich verwundetes Reh, dachte er. Dann starrte sie vor sich hin, presste die Lippen zusammen und zog das Kinn kraus. Er hatte bisher erst einen Menschen kennen gelernt, bei dem er diesen Gesichtsausdruck gesehen hatte. Hjördis, die erste mit der er Händchen gehalten hatte, die erste, die in einem Kino ihren Kopf auf seine Schulter gelegt hatte, sodass er sich vor lauter Hitze und Aufregung nicht mehr auf den Film konzentrieren konnte, die erste, die ihm kokett nahe gekommen war. Doch sobald er mehr Berührungen, mehr Nähe gewollt hatte, war sie abweisend und kühl geworden, hatte das Kinn gekräuselt und war in ihre Gedanken versunken.

Ich muss mir noch etwas zu Essen holen, sagte sie, kannst du auf meine Sachen aufpassen?

Er nickte. Soll ich dir etwas mitbringen? Er schüttelte den Kopf. Sie zog einen Geldbeutel aus dem Rucksack, der für ihn aussah wie ein Herrenportemonnaie mit verführerisch schimmerndem Leder. Danke, sagte sie, lächelte ihn an und ging. Ihr Schritt hatte etwas Lebendiges, Elanvolles. Wie das Mädchen von damals hatte sie ein ovales Gesicht und wie jene die Lippen leicht geöffnet, so als wolle sie gleich geküsst werden. Sie war der mediterrane Hauttyp, besaß einen grazilen, ebenmäßigen Körper, der Kopf ein wenig zu groß für den zarten Leib. Die gleiche Verletzlichkeit. Hjördis musste jetzt 20 oder 25 Jahre älter sein. Sie hätte ihre Tochter sein können.

Als sie zurück kam, hatte sie ihr belegtes Brötchen, aus dem Tomatenscheiben, Käse und ein Salatblatt quollen, schon halb gegessen.

Ein Vortrag also. Wird das ein interessanter Vortrag?

Es geht um Literatur, sagte er und machte sich zugleich Sorgen, ob ihm sein Tonfall nicht zu belehrend geriet. Er vermutete, dass er mit einer lässigeren Gangart seine Studentinnen viel mehr beeindruckte. Immerhin war es ihm dadurch gelungen, sich öfter mit einigen zu Besprechungen ihrer Arbeiten in einem Café oder der Cafeteria zu treffen. Eine Gesellschaft, die er als höchst angenehm empfand, auch wenn sie bald nach Beendigung des fachlichen Teils geendet hatte.

Ein weites Feld, entgegnete sie und sah ihn erwartungsvoll an.

Ihr wissbegieriger Gesichtsausdruck faszinierte ihn. Sie hatte damit auch etwas von Borghild, einer dunkelhaarigen Schönheit, die sich in seinen Seminaren über die Edda hervortat.

Es ist eine Tagung. Mein Thema ist der Erlkönig. Es geht nicht nur um die Ballade von Goethe oder die Lieder von Schubert und Loewe, sondern auch um die kulturgeschichtlichen Hintergründe.

Wenn sie lächelte, sah man ein Grübchen. Ich habe mal gehört, sagte sie, dass in den Niederlanden während des Zweiten Weltkriegs bei einigen Widerstandsgruppen *Erlkönig* als Codewort für die deutschen Besatzer benutzt wurde. Für Geheiminformationen oder bei Gesprächen. Der Deutsche brachte den Tod, er war der Feind, er war der Teufel, der Erlkönig.

Ihre Stimme besaß den melodischen Singsang von jemandem aus dem Norden Deutschlands, der zu lange im Süden gelebt hatte. Er wunderte sich, dass sie nicht nur das Gedicht kannte, sondern auch noch Dinge wusste, die selbst ihm bisher entgangen waren.

Warum sind es immer Männer, die den Tod bringen, sagte sie. Es war keine Frage, eher eine resignierte Feststellung. Seine Gegenbeispiele von Retterfiguren und Streitern für die Gerechtigkeit rangen ihr ein schwaches Lächeln ab. Auch bei Helden steht »Töten« in der Stellenbeschreibung, entgegnete sie leise.

Ich sollte Sie, ehm, dich zu meiner Assistentin machen, sagte er irgendwann im Verlauf des Gesprächs. Sie gehörte zu den Menschen, die einem innerhalb weniger Minuten das Gefühl geben, man würde sie schon seit vielen Jahren kennen. Zu seinen Studentinnen zu sprechen und deren Kommilitonen, die um sie herumschleimten, konnte er nach all den Jahren nur noch mit Routine ertragen. Mit ihr zu reden war Nervenkitzel und sinnliches Erleben zugleich.

Mit einem Mal sprang sie auf. Was wäre das Verrückteste, das wir jetzt tun könnten?

Auf das neue Jahr anstoßen, das in sechs Monaten beginnt? Oder Nicht-Geburtstag feiern, wie der Mad Hatter in *Alice im Wunderland*?

Feiern – das ist es!

Was?

Dass wir uns kennen gelernt haben.

Okay, sagte er gedehnt und zögernd. Aber wie?

Weißt du was? Wir schauen auf die Anzeigentafel und nehmen den siebten Fernzug von unten. Bis zur Endstation.

Er lachte. Nur ICE oder gelten auch IC?

Gelten auch.

Sie ging in die Hocke, um sich wieder den Rucksack umzuschnallen. Er half ihr dabei und berührte sacht ihre dünnen, kräftigen Arme. Was mag aus diesem absurden Spiel noch werden?, dachte er. Sie war so spontan wie seinerzeit Signy, die Freunde um zehn Uhr abends unerwartet anrufen konnte, um sich kurzentschlossen auf den Heidelberger Neckarwiesen zu einem Sektumtrunk zu treffen. Signy, die danach einmal mit ihm herumgeknutscht und ihn dann Händchen haltend in Richtung Bismarckplatz geführt hatte. Er erwartete schon gierig, dass sie Lust auf noch mehr bekommen hätte. Doch anstatt zu ihrem Zimmer in Richtung Bergheimer Straße abzubiegen, war sie bei den Straßenbahnhaltestellen auf einen jungen Burschen zugesteuert, bedankte sich für den Geleitschutz und hatte ihn dann stehen lassen mit den Worten, den Rest übernehme jetzt ihr Freund. Das Blut war durch seinen Körper gerast, dass er glaubte, in Flammen zu stehen. Und er hatte sich umso mehr in seine Bücher vergraben. ... *das letzte Lächeln letzter Schwüre, so süß und falsch wie jenes erste war.* Und er hasste die Kunst über das Leben und das Leben für die Kunst um so mehr.

Ich bin für Frauen nicht unattraktiv, dachte er, aber zumeist gab es diese *Schwäche im Abschluss*, wie er es mit der Zeit für sich zu nennen pflegte. Er war nicht stolz darauf, dass die erste Frau, in die er seinen Schwanz steckte, eine zwanzigjährige Prostituierte war. Aber er wollte wissen, wie es sich anfühlt. Die Frauen, die er wirklich wollte, waren nie die Frauen, die er bekam. Und seine neue Bekanntschaft? Der Gedanke erregte ihn, sie zumindest für eine Nacht zu besitzen. Er hatte auch mit Signy noch seinen Spaß gehabt, als er ihr eines Abends in der Dämmerung im Park bei der Stadtbibliothek begegnet war. Sie schenkte ihm ihr schiefes Lächeln und er schlug sie mit dem Handrücken ins Gesicht, so dass sie zu Boden stürzte, blutend und heulend. Er wollte einfach nur wissen, wie sich diese Genugtuung anfühlt.

Er bahnte sich mit der jungen Frau den Weg durch ein Menschengewühl bis zur riesigen Anzeigetafel in der Haupthalle, die gerade ratternd die Informationen zu den Zugverbindungen für die nächsten neunzig Minuten neu einstellte. Sie zählte schneller als er und fand die Verbindung, er überprüfte ihr Ergebnis und bestätigte es. Der siebte Fernzug von unten war ein ICE von Hamburg nach Stuttgart.

Leider nicht unsere Richtung, sagte er. Ich muss nach Rostock, du möchtest nach Köln.

Woher willst du das wissen?

Du bist doch auf mein Gleis gekommen, weil du dort zum Zug nach Köln wolltest.

Ich wollte zu diesem Zug, aber nicht unbedingt nach Köln. Jetzt hat der Zufall anders entschieden.

Er starrte sie verwirrt an.

Alles im Leben ist Zufall – ob du im Lotto gewinnst oder ob dich ein umstürzender Baum erschlägt, an dem du gerade vorbeiläufst oder -fährst. Alles Zufall, sagte sie. Und nach einer kurzen Pause: Hilf mir.

Wobei?

Dich selbst zu finden.

Zwanzig Minuten später saß er mit ihr im Zug nach Stuttgart. Das Ticket löste er für beide erst beim Zugschaffner, weil er, der Handys verabscheute, noch zu einer Telefonkabine bei der gegenüberliegenden Post laufen musste. Im Bahnhofsgebäude war ihm der Geräuschpegel zu hoch. Er rief den Konferenzleiter an und sagte, er sei krank, unpässlich, habe eine Magenverstimmung mit heftigem Durchfall und ob er erst am übernächsten Tag kommen und mit einem Kollegen tauschen könne. Dies ließ sich einrichten.

Kommst du eben mit?, hatte er gefragt. Sie hatte genickt und war ihm gefolgt. Ihm wäre unwohl gewesen, sie – wenn auch nur kurz – im Bahnhof zurückzulassen. Wäre sie genau so verschwunden gewesen, wie einmal ein Mädchen, das ihn bei einer Party zum Drinkholen geschickt hatte und sich nachher nicht mehr auffinden ließ? Doch sie folgte ihm und während er telefonierte, beobachtete er durch die gläserne Tür, wie sie ihren Körper in der Spätnachmittagssonne wiegte, als würde sie sich zaghaft zu einer Melodie bewegen, die sie innerlich vernahm. Ob sie sich zu älteren Männern hingezogen fühlte? Während er dem Konferenzleiter zuhörte sah er, wie sie ihn anlächelte. Als er aus der Kabine kam, gab sie ihm einen leichten Kuss auf die Wange und hakte sich bei ihm unter. Ihm ging ein alter Schlager durch den Kopf, *Wir zwei fahren irgendwohin.*

Er lud sie ins Zugrestaurant ein. Noch immer war er unsicher, wie weit sie gehen würde. Er versuchte nicht zu drängen und beschloss, es so beiläufig wie möglich herauszufinden. Warum eigentlich?, fragte er sich dann. Seine zögerliche Art hatte ihn bestimmt schon um so manches Erlebnis gebracht. Warum zaudern?

Übrigens sollten wir uns überlegen, wo wir ein Unterkommen finden, begann er.

Sie blickte ihn mit ihren großen Augen an und schwieg.

Wir kommen ziemlich spät an. Ich kenne dort ein gutes Hotel am Bahnhof.

Sie aß weiter und beobachtete ihn.

Allerdings ist es nicht unbedingt ein Hotel, in dem Reisende mit Rucksäcken übernachten. Mein Vorschlag: Wir lassen deinen Rucksack am Bahnhof in einem Schließfach. Das Nötigste, was du brauchst, können wir in meinen Koffer umpacken.

Mehr als eine Zahnbürste werde ich wohl nicht benötigen, sagte sie.

Sie hatte etwas von allen dreien. Hjördis, Borghild und Signy. Alle Namen von Frauen, mit denen Sigmund der Legende nach Kinder gezeugt hatte. Ihm selbst war nie an Kindern gelegen. Sein Glied in eine Frau zu stecken, markiert einen Besitzanspruch, sagte er sich. Lore mochte mehrere Vorbesitzer gehabt haben, doch ich bin der nächste.

Er ließ sie in der halb verdunkelten Hotelhalle warten und fragte am Empfang, ob seine Frau und er, die wegen eines verpassten Anschlusses in Stuttgart gestrandet seien, in diesem Hause übernachten könnten. Die Tasche mit seinem Notebook, in die er heimlich noch seine Brieftasche steckte, ließ er im Hotelsafe verwahren. Das Angebot, ihm den Koffer hochzutragen, lehnte er ab.

Lass uns duschen, sagte sie, noch bevor er den Koffer geöffnet hatte. Sie zog die Augenbrauen hoch, als sie sah, wie gut er in Form war. Und blickte ihn anerkennend an, als sie erkannte, welche Wirkung der Anblick ihres Körpers auf ihn hatte. Beim gemeinsamen Duschen berührten sie sich nicht, sondern spürten der Gegenwart des anderen nach. Erst als sie vor dem Bett standen, ging sie in die Hocke und umspielte sein Glied mit ihren feuchten Lippen. Er musste an etwas anderes denken, um nicht zu früh zu kommen. Dann zog er sie hoch, schob seine Zunge in ihren Mund, hob sie aufs Bett und nahm sie.

Als er erwachte, war es noch dunkel. Ein Blick auf die Uhr verriet ihm, dass er nur eine gute Stunde fest geschlafen hatte. Sie lag unbekleidet neben ihm und hatte wegen der Hitze die Bettdecke bis zu den Hüften heruntergeschoben. So wäre es damals vielleicht mit Signy abgelaufen, dachte er. Mit der neugierigen Borghild wäre es bestimmt ganz anders gewesen. Er schob die Bettdecke ganz herunter und begann ihre Klitoris mit der Zunge zu stimulieren. Ganz allmählich fing sie an, sich zu winden, als habe sie einen äußerst erregenden Traum. Erst als ihr Zucken und angestrengtes Atmen ein wenig abgeklungen waren, drehte er sie auf den Bauch und sie ließ ihn von hinten in sich eindringen.

Was war das schrägste, das du je beim Sex gemacht hast, fragte er sie am frühen Morgen.

Klimmzüge, sagte sie. Ich hab's mal mit einem Sporttrainer im Fitnessstudio getrieben. An den Geräten. War meistens aber unbequem. Und du?

Ich habe, abgesehen von den gewalttätigen Sachen, wohl fast alle Stellungen durch. Aber eine fehlt mir noch. Ich weiß nicht, ob du dazu Lust hättest.

Wie willst du mich denn zum Frühstück auf dem Tisch vernaschen?, fragte sie und setze ein schiefes Lächeln auf. Ein hinterlistiges Lächeln, dachte er.

Ich will's mit dir treiben ohne dass du dabei die Hände benutzt.

Kann ich machen.

Aber wir müssen verhindern, dass du mich dann nicht versehentlich doch damit berührst.

Willst du mich anketten?

Natürlich nicht. Aber darf ich dir die Hände einfach mit einem Gürtel zusammenbinden?

Du willst meinen Körper pur, was? Ohne Gegenwehr.

Er löste seinen Gürtel und zog die Hose aus. Ist dies nicht noch schräger?, sagte er und sie faltete die Hände über den Kopf wie eine indische Tempeltänzerin.

Dann will ich aber den Rundumservice, sagte sie als er den Gürtel eng um ihr Handgelenk schloss. Von vorne, von hinten und was dir sonst noch so einfällt.

Darauf kannst du dich verlassen, Signy, sagte er, warf sie auf den Rücken und stieß sein Glied in sie hinein. Einen erschrockenen Schrei erstickte er, indem er seine Lippen auf die ihren drückte.

Sie stöhnte vor Schmerzen, während er in ihr Fleisch biss, gierig ihren Körper ableckte und sie vergewaltigte. Als er begann, an ihren Brüsten zu saugen, lächelte sie. Wie eine Siegerin. Dann verzogen sich ihre Lippen zu einem kalten Schmunzeln. Schließlich prustete sie und das Schmunzeln ging in ein herrisches Lachen über.

Hör auf zu lachen, du geile Schlampe, herrschte er sie an.

Sie stieß ein triumphierendes Jauchzen aus.

Willkommen in meiner Welt, Wichser-Held, sagte sie. Willkommen in meiner hoffnungslos irrsinnigen HIV-Virenwelt.

Sie lachte, und die Tränen liefen ihr über das verzerrte Gesicht.

Jonas lächelt

Wenn Garfield den blöden Odie von der Tischkante stieß, amüsierte Jonas sich köstlich. Garfield stellte damit klar, wer der Star im Haus war. Bei den Peanuts diente Lucys Ärger nur dazu, belehrend zu zeigen, wie sich Kinder nicht verhalten sollten. Sie war die Böse, weil es irgendjemand in den ansonsten langweiligen Geschichten der Kugelköpfe sein musste. Bei Asterix und Donald Duck hatte die Wut mit ihren düsteren Wolken und Totenköpfen in den Sprechblasen stets etwas Lächerliches. Garfield hingegen handelte. Garfield war der Größte, denn sein Zorn war gerecht. Als er selbst mal versucht hatte, den vollgefressenen Pinscher seiner Mutter vom Tisch zu stoßen, war er in die Hand gebissen worden. Als der Köter überfahren wurde, bekam Mutter wieder ein Baby. Detlev. Jonas fand den Namen schwul. Einen richtigen Hund, so wie er ihn sich wünschte, bekam er nicht.

Jonas hasste die Ermahnungen seiner Eltern. Gegenüber seinem Bruder solle er sich rücksichtsvoll verhalten, hieß es immer. Dabei konnten seine Eltern sich doch selbst nicht vertragen. Sein Vater war zwei Mal weggezogen. Einmal hatte seine Mutter abends einen anderen Mann mit nach Hause gebracht. Die beiden hatten viel gescherzt, viel mehr als sie je mit Vater gescherzt und gelacht hatte. Der Duft nach Alkohol und Wermut hing im Wohnzimmer, in dem noch Flaschen mit roten und grünlichen Getränken auf dem Tisch standen, als Mutter längst mit dem anderen Mann ins Schlafzimmer gegangen war. Kurz darauf hatte man sie laut stöhnen gehört, so als ob sie erstaunt sei über das, was hinter dieser geschlossenen Tür vor sich ging. Doch am lautesten hatte sie stets gestöhnt, wenn Vater nach einer längeren Trennung wieder heimgekehrt war. Dann hatte sie dabei mitunter auch japsende Schreie ausgestoßen, die wie kleine Jauchzer klangen. Den Abgrund fühl' ich mit, hatte Vater dann rezitiert, doch manchmal ist der Spiegel flach und weit, der Spiegel meiner Hoffnungslosigkeit. Jonas war stolz darauf, was sich sein Vater alles merken konnte.

Jetzt lebten sie wieder zusammen. Mutter war begeistert über das neue Haus mit Blick auf den See. Das Grundstück reichte bis zum Abhang – eine natürliche Grenze, die Jonas Respekt einflößte.

Repariere den Zaun, hatte Mutter gesagt, der sieht morsch aus.

Demnächst, sagte Vater. Das mache ich mit den Jungs zusammen.

Als ob Detlev je eine große Hilfe gewesen wäre. Und der soll im nächsten Jahr zur Schule gehen dürfen... Lächerlich! Na wenn schon, Jonas würde immer mindestens drei Klassen Vorsprung haben.

Jeden Abend vor dem Einschlafen lauschte Jonas, ob seine Eltern wieder die vertrauten Geräusche machen würden. Um etwas Besseres als seinen jetzigen Bruder zu produzieren. Auch wenn sie früher geglaubt haben mochten, er würde nichts mitbekommen, weil sich sein Zimmer im ersten Stock am anderen Ende des Gangs befand, war das Haus doch ausgesprochen hellhörig und Jonas hatte gute Ohren. Wenn sie laut miteinander redeten und Türen knallen ließen, war er mitunter zur Toilette vorgeschlichen, um vom Treppenrand aus zu lauschen, was vor sich ging. Hätte man ihn dort erwischt, wäre das Klo seine Ausrede gewesen, warum er sich im Flur herumtreibe und nicht im Bett läge.

Drei Mal in sechs Jahren den Wohnort wechseln reicht, hatte seine Mutter damals gefaucht. Ich habe die Schnauze voll!

Sie fand das Umziehen unerträglich. Doch obwohl sie auch für ihn, Jonas, nichts übrig hatte, setzte sie sich für ihn ein. Er komme jetzt in die Schule, hieß es dann. Seine ganzen Freunde vom Kindergarten würden mit ihm zusammen dorthin gehen und wir ziehen wieder um!

Sein Vater arbeitete beim Theater. Er hatte ihn mal mitgenommen zu einer Probe. Das Stillsitzen zwischen den leeren Stuhlreihen und das ständige Wiederholen der immer gleichen Sätze und Gänge auf der Bühne langweilten Jonas.

Kannst du nicht einmal fest irgendwo bleiben?, hatte Mutter eines Tages verlangt.

Alle Ziegen und Affen!, hatte Vater gesagt.

Jonas gefiel der Spruch. Als ihm die Mädchen und Jungen in seiner Klasse mal wieder auf die Nerven gingen, hatte er sie angebrüllt: Ihr Ziegen und Affen! und zugeschlagen.

Sein Bruder Detlev war damals noch zu klein, um irgendetwas mitzukriegen. Und später wurde er eine Nervensäge. Jonas hatte sich zunächst noch darüber gefreut, endlich einen Spielkameraden zu bekommen. Doch weil ihm alles zu langsam ging, ärgerte er sich.

Dich hat die Wut verschluckt, sagte seine Mutter dann zu ihm.

Grund zum Lachen hatte er keinen. Als ihm der Kommandoton des Trainers auf den Wecker ging, hörte er beim Schwimmverein auf und wechselte zum Bogenschießen. Dort gab es eine junge Frau mit kurzen flachsblonden Haaren, die an Meisterschaften teilnahm und geduldig erklären konnte. Sie hatte Jonas mehrfach gelobt, weil er sein Trainingsbuch sehr sorgfältig führte. Mit großen Druckbuchstaben für die Überschriften und mit gleichmäßiger Schreibschrift für die Angaben über den verwendeten Bogen und das Material, die Anzahl der Pfeile, die Entfernungen, die Erfolge und Misserfolge, das Wetter, die Lichtverhältnisse, den Wind und seine Eindrücke von seinen Schießleistungen hatte er sich bemüht, sie zu beeindrucken. Und ständig hatte er darauf gehofft, dass er mit seinem Bruder bald zusammen herumrennen und zum Bogenschießen gehen könnte. Im Garten hatte er eines Nachmittags seine Schießscheiben aufgebaut und wollte ihm beibringen, wie man den Bogen richtig hält, den Pfeil einlegt, spannt und zielt. Steh nicht so steif herum, hatte er gesagt, Zielen ist eine Bewegung, nichts Starres. Halte die Hand geneigt, im 90-Grad-Winkel, so, der Griff in den Bogen, der Griff in die Sehne – das muss alles eins sein. Doch Detlev bewegte sich schwerfällig und sein Schuss war schlapper als bei einem Mädchen. Hätte Jonas ein Notizbuch über die Fortschritte seines Bruders geführt, es wäre das dünnste Buch der Welt gewesen.

Kurz nachdem Detlev drei Jahre alt geworden war, gingen die Eltern immer öfter mit ihm zum Doktor. Dann erklärten sie Jonas, dass er von nun an auf seinen Bruder aufpassen und besonders rücksichtsvoll sein müsse. Detlev habe eine Krankheit, die ihn schwächer mache als andere Kinder. Er sei ein kluger Bruder, aber er werde nie schnell laufen, springen, Handstand und viele andere Sachen machen können, weil seine Muskeln dazu zu schwach seien. Jonas verstand nicht, wie das passieren konnte. Man sah seinem Bruder nicht an, was eigentlich los war. Er grinste alle nur lieb an. Ein Gesicht wie ein Romikaschuh, hatte Jonas damals gedacht, reintreten und sich wohlfühlen. Waren sein Humpeln und seine schleppenden Bewegungen nicht nur irgendeine Masche, die er abzog, um die Aufmerksamkeit auf sich zu lenken? Jonas sah Detlev beim Basteln, Herumschnippeln und Kleben zu und fand es nur blöd und langweilig. Am liebsten hätte er die bunt bemalten Papier- und Pappgebilde wie den beschissenen, aus alten Klopapierrollen zusammengeklebten Elefanten mit Streichhölzern abgefackelt. Doch seine Eltern ermahnten ihn fast jeden Tag, rücksichtsvoll zu sein. Damals hatte er in der Schule um sich geschlagen. Während Vater nur die Augen verdrehte, erzählte seine Mutter ihm, wie verständnisvoll und nett Jesus immer gewesen war. Doch wie sollte ihn ein vollkommen Fremder lieben, wenn noch nicht mal seine eigenen Eltern ihn lieb hatten? An Jesus gefiel Jonas am besten, wie er im Tempel alles kurz und klein geschlagen hatte.

Beim Bogenschießen konnte Jonas sich am ehesten austoben. Er stellte sich vor, seine drei neuen Zielscheiben aus Stramit, die seine Eltern ihm im Garten aufgestellt hatten, seien Soldaten der Kavallerie. Zung! Jonas lauschte auf das Blop. Den ersten traf der Pfeil in der Hüfte. Zoing! Blop! Bauchschuss beim zweiten. Zeng! Blop! Den dritten mitten ins Herz.

Detlev schaute ihm zu. Er hatte einen neuen dreirädrigen Elektroroller für Behinderte bekommen, mit dem er sich langsam genähert hatte. Für längere Distanzen, hatte Vater gesagt, von der Krankenkasse – damit die Wege leichter werden. Jonas war starr vor Neid, als er das grandiose Gefährt gesehen hatte. Was für eine Verschwendung an Detlev!, hatte er gedacht. Und dann hatte ihn der mahnende Blick seiner Mutter wieder an Jesus erinnert.

Ich will auch mal, sagte Detlev.

Du kannst sowieso kein Bogenschießen, sagte Jonas.

Ich will aber!, sagte Detlef energischer. Oder ich sag's Mama.

Wie denn?, sagte Jonas. Die ist bei ihrer Schwester in Augsburg. Du kannst ja noch nicht mal mit dem Telefon umgehen.

Detlev kletterte unbeholfen von seinem Elektroroller und kam näher.

Wie grüßt man?, fragte Jonas.

Was?

Wie man grüßt vor Turnierstart?, sagte Jonas ungeduldig.

Alle ins Gold!, rief Detlev. Nicht wahr? Alle ins Gold!

Mit einem: *Hier nimm, verdammt noch Mal!* überließ ihm Jonas Pfeil und Bogen.

Hilf mir, sagte Detlev.

Jonas stellte sich hinter seinen Bruder und trat ihm in die Hacken bis dessen Füße einigermaßen die richtige Standposition erreicht hatten. Dann legte er für ihn einen Pfeil ein, umklammerte den Bogen unterhalb der schwachen Hand seines Bruders und spannte die Sehne, wobei Detlev diese Bewegungen nachahmte und gleichzeitig mit ihm ausführte. Alles eine Einheit, sagte Jonas im belehrenden Ton, der feste Stand, der kontrollierte Griff in den Bogen und der Griff in die Sehne. Sein Bruder war einen Kopf kleiner als er, so dass das Zielen nicht leicht fiel. Der Pfeil zischte durch die Luft und traf einen der äußeren Zielkreise. Detlev stieß einen freudigen Schrei aus.

Okay, das war's, jetzt lass den Profi wieder ran.

Noch bevor er weiter trainieren konnte, rief ihr Vater nach ihnen. Er rannte ihnen entgegen und erreichte sie völlig außer Atem. Es sei wirklich übel, weil er doch das Wochenende mit seinen Jungs verbringen wollte, aber er müsse dringend weg, sagte er. Im Theater sei jemand krank geworden. Es werde nun ein anderes Werk gespielt. Und er müsse unbedingt dabei sein, weil er in diesem Stück eine tragende Rolle habe. (Jonas stellte sich vor, wie er ständig irgendwelche Gegenstände über die Bühne schleppte.) Es werde jemand kommen, der sich um sie beide, Jonas und Detlev, kümmere. Eine ganz süße Kollegin! Sorry, Jungs!

Wäre Mutter jetzt hier, dachte Jonas, hätte sie getobt. Sie verlor selten die Geduld, aber wenn, dann richtig. Einmal hatte er des Nachts beim Lauschen sogar gehört, wie sie geschluchzt hatte, es wäre besser gewesen, wenn Detlev bei der Geburt gestorben wäre anstatt allmählich innerlich zu verfaulen. Am nächsten Morgen war sie dann wieder besonders großzügig gewesen. Ob wir auch etwas von Papa bekommen, wenn wir ihn nicht verraten? Aber bevor er das aushandeln konnte, war Vater schon weg.

Lass mich nochmal, sagte Detlev.

Ach, halt die Klappe, sagte Jonas.

Jonas sammelte seine Pfeile ein und stellte sich wieder in Positur. Er versuchte, sich genau auf seine Bewegungsabläufe zu konzentrieren und sie so gleichmäßig wie möglich auszuführen. Seine Knie waren fest, aber nicht durchgedrückt, der Oberkörper leicht eingedreht. Er hielt Bogen und Sehne sicher in Händen. Konzentriere dich, befal er sich. In seinem Jahrgang war er einer der besten und konnte sich durchaus Chancen auf die Jugend-Vereinsmeisterschaft ausrechnen. Konzentriere dich! Dein Wille lenkt den Pfeil wie ein supermodernes Raketensystem ins Ziel! Wenn du es willst, schaffst du es. Ins Gold! Der Ablauf der Bewegungen ist perfekt. Spanne den Rücken, bevor du den Pfeil zum Schluss löst…

Ich auch, ich auch!, rief Detlev.

Jonas gab einen wütenden Laut von sich. Nimm deine Schippe und spiel' im Sandkasten, sagte er, setzte erneut zum Schuss an, zielte und traf bloß einen der mittleren Zielkreise. Mist!, zischte er.

Er legte erneut an, spannte die Sehne und spürte plötzlich, wie sich sein Bruder von hinten an sein Bein klammerte. Er verzog den Bogen und der Pfeil flog hoch über das Ziel hinaus.

Verdammt!, rief er. Sieh mal, was du angerichtet hast.

Was denn?

Wos dänn?, äffte er ihn nach. Dann hob er Detlev von hinten unter den Achseln hoch und zerrte ihn, die Fersen über den Boden schleifend, zwanzig Meter bis zum Sandkasten. Erst jauchzte Detlef vor Vergnügen, doch als er merkte, dass der Abstand zwischen ihm, dem Bogen und den Zielscheiben immer größer wurde, stieß er einen spitzen Schrei aus.

Lass dein Babygekreische, sagte Jonas und setzte ihn unsanft in den Sand. Dann warf er ihm eine Schippe, einen Plastikbulldozer und zwei Förmchen vor die Füße, sagte: *Viel Spaß!* und ging.

Ich bin doch kein Baby mehr, sagte Detlev.

Jonas blickte sich nicht um. Jetzt, wo der Vater fort und Detlev außer Reichweite war, hatte er endlich wieder die Gelegenheit: Er kletterte auf den Elektroroller und drehte einige Runden. Er umkurvte die Zielscheiben, gab Gas und sauste schneller als auf seinem Fahrrad bis zum äußersten Ende des Grundstücks.

Yeah, Angriff auf das feindliche Fort!, schrie er, riss das Lenkrad herum, stoppte und schoss einen Pfeil ab, der sich in das Holz des Zauns rammte. Dann fuhr in einem weiten Bogen wieder zu der Ausgangsposition für seine Übungen zurück. Er sprang ab, wie ein Indianer von seinem Pferd, legte Pfeil und Bogen an, zielte und schoss. Zielte und schoss. Zielte und schoss. Zielte und schoss.

Als er die Pfeile wieder einsammelte, sah er aus den Augenwinkeln, wie Detlev mit seinem umständlichen Watschelgang wieder näherkam.

Scheiße, das Wackel-Baby wieder!, dachte er und beschloss, ihn einfach zu ignorieren. Ha! Wackel-Baby, das gefiel ihm.

Ich will auch wieder, hörte er Detlevs Stimme hinter sich schon von weitem.

Lass mich in Ruhe!, sagte Jonas.

Aber…

Jonas drehte sich wütend um. Detlev war jetzt nur noch wenige Meter von ihm entfernt. Manno, du brauchst nicht nur 'n Rollstuhl, du brauchst auch 'n Hörgerät!

Du bist bestimmt deswegen immer alleine, weil du niemanden leiden kannst, sagte Detlev.

Jonas griff nach einem neuen Pfeil und legte auf Detlev an. Bleichgesicht, deine letzte Stunde hat geschlagen!

Detlev blieb stehen und sah ihn erstaunt an. Wackel-Baby!, sagte sich Jonas. Wenn ich jetzt loslasse, sind Papa und Mama alle Sorgen los und ich bin wieder der Herr im Ring! Er spannte die Sehne, nur noch das Ziel im Visier. So ein Wackel-Baby ist eigentlich besser als die Zielauflage auf einer Schießscheibe, sagte er sich. Es kann versuchen wegzulaufen, aber es ist nicht schnell genug.

Detlev blieb stehen und glotzte. Im letzten Moment senkte Jonas den Bogen und der Pfeil, den er in seine Richtung abschoss, bohrte sich dreißig Zentimeter vor den Füßen seines Bruders in den Boden.

Da hast du meine Antwort, Bleichgesicht, sagte Jonas.

Detlev starrte ihn noch immer sprachlos an. Jonas beachtete ihn nicht mehr und wandte sich wieder den Zielscheiben zu.

Diesmal legte er besonders viel Konzentration und Kraft in den Schuss. Beim ersten Mal lag er noch vier Ringe vom Zentrum entfernt, dann landete er einen Volltreffer in der golden markierten Mitte. Und dann noch einen! So gewinne ich die Meisterschaft, sagte er sich.

Dann vernahm er das surrende Geräusch des Elektrorollers. Sein Bruder musste sich heimlich bis dorthin geschleppt haben und hinaufgeklettert sein. Jetzt fuhr er an und ihm genau in die Schusslinie.

Weg da!, rief Jonas. Doch Detlev beachtete ihn nicht. Er fuhr mit dem Elektroroller auf die drei Zielscheiben zu, schlug einen Bogen und rammte die erste so, dass sie umfiel und er danach gleich noch die zweite und die dritte mit seinem Fahrzeug umstoßen konnte.

Das wirst du mir büßen, Bleichgesicht!, schrie Jonas.

Detlev kreischte auf und nahm eine scharfe Kurve. Wie mit einem Planwagen auf der Flucht rollte das Bleichgesicht davon. Jonas hängte sich seinen

Köcher mit den restlichen Pfeilen um und rannte hinter ihm her. Solange der Elektroroller noch in der Bogenbewegung war, konnte er nicht schnelle Fahrt aufnehmen.

Jonas legte an und verschoss einen Pfeil, der am Metallrahmen abprallte. Der Fahrer schrie auf wie ein Mädchen und steuerte sein Gefährt so, dass er geradeaus fahren konnte, um an Tempo zu gewinnen. Das ist mein Territorium, dachte Jonas, Eindringlinge vom Stamm der Krüppel sind hier nur geduldet! Er schoss erneut, doch durch die schnelle Bewegung des Gefährts verfehlte er diesmal sein Ziel. Man muss den Schuss ganz anders berechnen, überlegte er, weil es sich diesmal um ein bewegliches Ziel handelt. Er überschlug in Sekundenschnelle, wie lange sein Pfeil für etwa 35 Meter benötigen würde, wenn er alle Spannkraft seines Körpers in den Schuss legte, und wie weit der Elektroroller während der Flugzeit fahren würde. Dann peilte er einen Punkt an, den Detlev eine Sekunde später erreichen musste.

Diesmal überholte der Pfeil das Gefährt und prallte an der Lenkstange ab. Auf die Entfernung hörte Jonas den Schreckensschrei nur noch gedämpft. Er griff nach seinem letzten Pfeil als er sah, dass sich das Gefährt nun auf geradem Wege zu rasch von ihm entfernte. Es bremste nicht, es ging nicht in die Kurve. Mit offenem Mund beobachtete Jonas, wie der Elektroroller den morschen Zaun durchbrach und verschwand.

Er sah sich verwirrt um. Niemand weit und breit. Dann legte er seinen Köcher und den Bogen ins Gras und rannte zu der Stelle, an der die Zaunlatten zertrümmert waren. Vorsichtig ging er bis zum Rand der Klippen. Vor sich sah er das weite Tal, ein Dorf und den See. Unmittelbar unter sich konnte er nur Fels, Gras, Büsche und Bäume erkennen. Von Detlev und dem Elektroroller keine Spur. Vielleicht ist alles nur ein Traum, dachte Jonas, vielleicht habe ich ja nie einen Bruder gehabt. Mutters Wunsch, dass er nie gelebt hätte. Nur ich. Alle ihre Liebe nur für mich.

Er blickte auf zu den Wolken und musste dabei mit der Hand die Augen gegen die Sonne abschirmen. Lass es wahr sein, murmelte er und lächelte, lass es einfach nur wahr sein.

Vom Haus her hörte er, wie die Stimme einer jungen Frau nach ihm und seinem Bruder rief.

TITELBILD:

»FEUER-KREUZ«

Acryl auf Leinwand, 15 x 25 cm, 2007

Seite 20:

»EVOLUTION VS KONSTRUKTIVISMUS«

Buntstift auf Papier, 2009

Seite 32:

»INTEREXTERIOREM«

Skulptur, Frontalansicht, Höhe ca. 1 Meter, 2009

Seite 56:

»SUIZID«

Acryl auf Leinwand, 80 x 120 cm, 1997

Seite 64:

»VARIANTE VON AKT x 4«

Acryl auf Leinwand, 4 x 20 x 80 cm, 2011

Seite 81:

»MEDITATION«

Mischtechnik auf Papier, 30 x 39 cm, 2000

Meinhard Saremba, Albert Gier, Benedict Taylor (Hrsg.):
ARTHUR SULLIVANS OPERN,
KANTATEN, ORCHESTER- UND SAKRALMUSIK
Oldib-Verlag, Essen 2012, ISBN 978-3-939556-29-9

OPER. EINFÜHRUNG
Oldib-Verlag, Essen 2011, ISBN 978-3-939556-19-0

Meinhard Saremba, David Eden (Hrsg.):
THE CAMBRIDGE COMPANION
TO GILBERT AND SULLIVAN
Cambridge University Press 2009
ISBN 978-0-521-88849-3 (hardback) + 978-0-521-71659-8 (paperback)

FORTUNAS NARREN
Roman. Wiesenburg, Schweinfurt, ISBN 978-3-939518-31-0

LEOS JANACEK –
ZEIT, LEBEN, WERK, WIRKUNG
Bärenreiter, Kassel 2001, ISBN 3-7618-1500-X

ELGAR, BRITTEN & CO. – EINE GESCHICHTE
DER BRITISCHEN MUSIK IN ZWÖLF PORTRAITS
Edition Musik & Theater, St. Gallen 1994, ISBN 3-7265-6029-7

ARTHUR SULLIVAN – EIN KOMPONISTENLEBEN IM
VIKTORIANISCHEN ENGLAND
Florian Noetzel Verlag, Wilhelmshaven 1993, ISBN 3-7959-0640-7

ÜBERSETZUNGEN (Auswahl):

ESSAYS VON BENEDICT TAYLOR, DAVID EDEN,
JAMES BROOKS KUYKENDALL UND RICHARD SILVERMAN
in: Ulrich Tadday (Hrsg.): ARTHUR SULLIVAN.
Musik-Konzepte Band 151.
edition text + kritik, München 2011, ISBN 978-3-86916-103-7: S. 41-68,

Tippett, Michael: ESSAYS ZUR MUSIK (TIPPETT ON MUSIC)
Schott Musik International, Mainz 1998, ISBN 3-7957-0334-4